書下ろし

蜜《みつ》しぐれ

睦月影郎

祥伝社文庫

目次

第一章　妖《あや》しき母娘との出会い

一

「おい、そのへんで止《や》めてやれ。雨もひどくなってきた。行くぞ」

声がかかると、それまで伊三郎《いさぶろう》に殴《なぐ》る蹴《け》るの暴行を加えていた旗本たちは、ようやく打擲《ちょうちゃく》を止め、引き上げていった。

「ち、畜生《ちくしょう》……」

伊三郎は全身泥にまみれながら、雨にけぶる三人の後ろ姿に向かい、呪詛《じゅそ》の言葉を吐《は》いた。

打撲と擦《す》り傷だけで、骨や歯は折れてはいなかった。そのあたりは連中も心得て、御家人いじめも大問題にならぬ程度にしているのだ。

もちろん伊三郎に落ち度があったわけではない。俄雨《にわかあめ》のなか小走りに帰宅しようとして、通りかかった三人の旗本への挨拶《あいさつ》が一瞬遅れただけだ。

吉村《よしむら》伊三郎は十八歳。吉村家の養子に入って半年になると、養父母が相次いで病死し、今は一人きりになってしまった。

実家も吉村家も最下級の御家人で、役職も、あってないような小普請方《こぶしんかた》の手伝いというものだった。同じ貧乏御家人だったが、父同士が同輩《どうはい》で婿《むこ》養子に入ったが、まだ嫁の来手はない。

それでも吉村家の跡継ぎになり、二間しかない小屋同然の住まいだが、一応は拝領した一軒家を持っていた。それまでの納戸《なんど》住まいの三男坊の暮らしより、多少は気持ちの余裕があった。

一人きりとはいえ、やはり俸給だけで食えるわけもなく、近くの本屋から春本や黄表紙などを糸で綴《と》じる製本の内職をもらっていた。

御家人を虐《いじ》めてばかりいる連中は、旗本の次男三男で、役職や婿養子の口のない苛《いら》立《だ》ちを弱いものに向けていた。

首領株は、二十歳《はたち》になる大男の山場一之進《やまばいちのしん》。父親は五百石の勘定吟味《かんじようぎんみ》役だ。一之進は、いつも手下の若侍を連れて昼間から酒を飲み、御家人を見つけては難癖《なんくせ》をつけていた。

ようやく立ち上がった伊三郎は、よろよろと歩きはじめた。

昼下がりの雨が激しくなり、もう着物や袴《はかま》に付いた泥を落とす気力もなかった。本当は、これから実家に行って幾《いく》ばくかの米でももらおうかと思っていたのだが、この傷だらけの顔では断念せざるを得ない。

仕方なく伊三郎は、足を引きずりながら傘《かさ》もなく、神田《かんだ》の外れにある家へと向かっていった。

武家屋敷の一角から離れたこのあたりは田畑ばかりで、家も点在する程度。それらが秋の豪雨に霞《かす》んでいた。

この雨に通る人もなく、伊三郎は時々よろけながら、ずぶ濡《ぬ》れになって歩いた。

と、その時である。彼は道端にうずくまっている人を見かけた。

(女……、巫女《みこ》か……)

驚いて近づくと、白い衣に朱色の袴がぐっしょり濡れ、長い髪からもポタポタと雨の雫《しずく》が落ちていた。

「どうした。具合でも悪いのか……」

伊三郎が屈《かが》み込み、肩に手を掛けて言うと、彼女もようよう顔を上げた。

見れば青白い顔は、この世のものとも思われぬ美形で、しかも伊三郎と同じ年格好の少女ではないか。

傘も荷物もなく、ちょっと所用で出た途端に雨に遭《あ》い、しかも急に具合が悪くなったのだろう。

「送ろう。さあ、私の背に……」

「申し訳、ありません……」

言って背を向けると、彼女もか細く言いながら両手を回し、身を預けてきた。

傷だらけで、しかも小柄な伊三郎には、少女とはいえずぶ濡れの人を背負うのは大変だった。

しかし武士の端くれとして、刀を杖《つえ》にするわけにもゆかず、傍《かたわ》らの木立に摑《つか》まりながら、やっとの思いで立ち上がり、彼女を背負い上げた。

すると何だか、伊三郎は急に力が湧《わ》いてきた。

背中には柔《やわ》らかな胸の膨《ふく》らみが密着し、腰には彼女の股間だろうか、コリコリする恥骨の膨らみまで感じられた。

肩越しには、切れぎれの湿《しめ》り気《け》ある息が、甘酸《あまず》っぱい刺激を含んで悩ましく鼻腔《びこう》をくすぐった。

もちろん女に触れるのは、これが初めてのことだった。

伊三郎は可憐《かれん》な巫女を背負い、彼女の指示通りに歩きはじめた。

「怪《あや》しいものではない。安心しなさい。私は吉村伊三郎」

「茜《あかね》です……。家は、こちらへ……」

彼女、茜が言い、伊三郎も言われるまま右へ折れると、やがて彼方《かなた》に商家の連なりが見えてきた。

その一角に彼女の家があるのだろう。

泥濘《ぬかるみ》に足を取られぬよう気をつけながら進み、伊三郎は肩や背中、両手に感じる娘の身体《からだ》を味わい、かぐわしい息を嗅《か》ぎながら、いつしか胸がモヤモヤとし、股間を熱くさせてしまった。

すると向こうから、傘を差した女が一人、こちらに気づいて小走りに駆け寄ってきたではないか。

「茜……？」

「ええ、道にうずくまっていましたので」

女が言い、伊三郎が答えると、すぐにも彼女は傘を差し掛けてきた。

「まあ！　それは申し訳ありません」

三十代半ばの女が恐縮して言い、ほのかに甘い匂《にお》いが漂《ただよ》った。この女も、茜に似た顔立ちの美形であった。巫女風の衣装ではなく、清元《きよもと》か何かの艶《つや》っぽいお師匠《ししょう》という感じである。

「お名前を。私は茜の母、沙霧《さぎり》です」

「御家人、吉村伊三郎です」

「有難《ありがと》うございます。この雨で、どうしたかと迎えに出たところでした」

沙霧は言い、やがて茜を背負った伊三郎を家に案内した。

そこは大店《おおだな》の裏手にある、隠居所のような一軒家だった。伊三郎の家より広く、部屋数も多いようだ。

とにかく沙霧が急いで部屋に入って床《とこ》を敷き延《の》べ、伊三郎も草履《ぞうり》を脱《ぬ》ぎ、茜を背負ったまま上がり框《がまち》の雑巾《ぞうきん》で足裏を拭《ふ》いて中に入った。

「お手伝い頂けますか」

沙霧が言って茜の濡れた袴と着物を脱がせはじめたので、伊三郎も手伝い、全て脱がせていった。

それらを沙霧が盥《たらい》に入れ、一糸まとわぬ姿になった茜の身体を乾いた手拭《ぬぐ》いで拭った。茜は昏睡《こんすい》したようにグッタリと身を投げ出し、拭かれるたびに張りのある白い乳房が弾《はず》むように揺《ゆ》れた。

今まで着物の内に籠《こ》もっていた汗の匂いも、甘ったるく立ち昇ってきた。

股間の翳《かげ》りも淡《あわ》く、実に清らかな裸体だった。

伊三郎は、初めて見る生娘《きむすめ》の玉の肌に胸を高鳴らせたが、やがて手早く拭き終えると、沙霧は茜に掻巻《かいまき》を掛け、あとは濡れた髪を拭った。

「有難うございました。では、伊三郎様もお脱ぎ下さい。少しでも乾かして、それにお顔や手の傷も手当てを」

沙霧が言って、彼を別室に案内し、そこにも床を敷き延べてくれた。

傘を借りて帰ろうかと思っていたが、茜の介抱を終えると急に疲れが出てきたので言葉に甘えることにした。

大小を部屋の隅に置き、袴と着物を脱ぐと、沙霧が甲斐甲斐《かいがい》しく衣紋掛《えもんか》けに掛け、新たな手拭いも渡してくれた。

伊三郎が下帯一枚で身体を拭いていると、沙霧が薬を持ってきてくれた。

「さあ、ご遠慮なく横に。これは、人にやられた傷ですね」

「い、いや……」

「仔細《しさい》は伺いません。どうかお楽に」

沙霧は言って伊三郎を押しやり、布団《ふとん》に仰向《あおむ》けにさせた。最もひどい傷が頬《ほお》と唇《くちびる》の端、そして、それを防御しようとした両手の甲だ。あとは二の腕《うで》や肩が少々。

沙霧は、徳利《とっくり》に入った薬を僅《わず》かに口に含み、自分の唾液と混ぜ合わせながら、彼の傷口を舐《な》めはじめてくれた。

「ああ……」

手の甲を舐められ、伊三郎は驚きと快感に声を洩《も》らした。

「これは、我が家に伝わる秘薬です。中身は、茜の唾《つば》と淫水」

「え……?」

「あの子は今日、初めて月のものを迎え、それで癪《しゃく》を起こしていました。今後、あの子の神通力が弱まるか強まるか……」

沙霧は、伊三郎には何が何だか分からないことを言いながら、僅かずつ秘薬を口にしては、彼の傷口を舐めてくれた。

滑《なめ》らかに蠢《うごめ》く舌と、熱い息に肌をくすぐられ、否応《いやおう》なく彼はムクムクと勃起してしまった。

しかも手や腕の傷を舐め終えると、驚いたことに沙霧は彼の目尻や頰、唇の端にまで舌を這《は》わせてきたではないか。

白く美しい顔が間近に迫《せま》り、形良い口から伸びる桃色の舌が、生温かな唾液と、茜の唾液と淫水らしきヌメリとともに頰や唇、顔中を這い回った。

そして快楽とともに、不思議《ふしぎ》に痛みや疲れが癒《い》えていく気がしたのだった。

沙霧の吐き出す息は熱く湿り気があり、白粉《おしろい》のような甘い刺激が含まれていた。

それにほんのり唾液の香りも入り交じり、嗅いでいるだけで今にも射精しそうなほど高まってしまった。

すると沙霧が、彼の胸を舐め下り、何と下帯まで解き放ち、ピンピンに勃起している一物を露《あら》わにしてしまったではないか。

二

「いいから、じっとしていてくださいませ。まあ、こんなに硬《かた》く……」

伊三郎が羞恥《しゅうち》に身をよじって言うと、沙霧が一物に屈《かが》み込んで囁《ささや》き、熱い視線と息を注《そそ》いできたのだった。

「ああ……、何を……」

そして彼を大股《おおまた》開きにさせると、沙霧はその真ん中に腹這い、とうとう舌を這わせてきたのだった。

そこは別に傷を受けたわけではないが、沙霧はまずふぐりを舐め回し、二つの睾丸を転がしてくれた。

「アア……」

伊三郎は大いに驚いて喘《あえ》ぎ、避《さ》けることも出来ず全身が強《こわ》ばって身動きできなかった。

沙霧は袋全体を舐め回し、生温かな唾液にまみれさせてから、舌先でペローリと肉棒の裏側を舐め上げてきた。

舌先が先端に達すると、彼女は鈴口から滲《にじ》む粘液をチロチロと舐め取り、張《は》りつめた亀頭にしゃぶり付き、そのままスッポリと喉《のど》の奥まで呑《の》み込んでいった。

「く……」

伊三郎は呻《うめ》き、懸命に肛門を締め付けて暴発を堪《こら》えた。

濡れて冷えた全身の中で、快楽の中心部のみが美女の温かな口に根元まで含まれているのだ。

こんなに強烈で淫《みだ》らな行為は、春本の中だけと思っていたが、こんなに美しい女が事も無げにしてくれるというのが信じられず、伊三郎は狐《きつね》にでも化かされている気持ちになった。

沙霧は熱い鼻息で彼の恥毛をそよがせ、深々と含んだ幹を口で丸く締め付け、内部でもクチュクチュと舌をからみつけてくるのだ。たちまち彼自身は、美女の生温かな唾液にどっぷりと浸《つか》って震えた。

さらに沙霧は顔を小刻《こきざ》みに上下させ、濡れた口でスポスポと強烈な摩擦《まさつ》を繰り返してきたのだ。

「ああ……、い、いけません……」

伊三郎は、まるで全身が美女の口に含まれ、生温かな唾液にまみれ舌で転がされているような快感に包まれながら警告を発した。

しかし彼女は濃厚な愛撫《あいぶ》を一向に止めようとせず、伊三郎も無意識にズンズンと股間を突き上げ、まるで美女の口と情交しているように動いてしまった。

たちまち限界が来てしまった。

「く……！」

伊三郎は、とうとう大きな絶頂の快感に全身を貫《つらぬ》かれて呻き、ありったけの熱い精汁をドクンドクンと勢いよく美女の口の中でほとばしらせてしまったのだった。

「ンン……」

喉の奥を直撃され、噴出を受け止めながら沙霧が小さく鼻を鳴らした。

人の口になど出して良いものだろうかという一抹《いちまつ》のためらいも、溶《と》けてしまいそうな快感に吹き飛び、伊三郎は禁断の思いを抱えたまま、すっかりこの妖《あや》しい快楽に酔いしれてしまった。

しかも彼女が吸い付くものだから、脈打つ調子が無視され、ふぐりから直接吸い出されているような感覚があった。

やがて伊三郎は、魂《たましい》まで抜かれるような心地のなかで、ようやく最後の一滴まで出し尽《つ》くしてしまった。

そしてグッタリと身を投げ出すと、沙霧も舌の動きと吸引を止め、亀頭を含んだまま口に溜《た》まったものをゴクリと一息に飲み干してくれたのだった。

「あう……！」

嚥下《えんげ》とともに口腔がキュッと締まり、彼は駄目押《だめお》しの快感に呻いた。

ようやく沙霧がスポンと口を引き離し、なおもしごくように幹を握《にぎ》り、鈴口に脹《ふく》らむ白濁の雫にも舌を這わせ、全て綺麗《きれい》に舐め取ってくれた。

「く……、どうか、もう……」

伊三郎は腰をよじり、射精直後の亀頭をヒクヒクと過敏《かびん》に反応させ、降参するように言った。

すると沙霧も舌を引っ込め、顔を上げてくれた。

「まあ、まだ勃っていますね。よほど淫気《いんき》が溜まっていたのでしょう」

彼女は言うなり立ち上がり、自分も帯を解《ほど》きはじめたのだ。

（え……？）

まだ荒い呼吸を繰り返していた伊三郎は、呆然《ぼうぜん》として沙霧を見上げていた。

娘を助けた礼で、そこまでしてくれるのだろうか。あるいは彼女自身、相当に淫気を溜め込んでいたのかも知れない。

彼女は帯を落として着物を脱ぎ、見る見る白い熟《う》れ肌を露わにしていった。同時に生ぬるく甘ったるい匂いが、室内に立ち籠めはじめた。

茜は別室で、すっかり昏睡しているようだ。

たちまち沙霧は一糸まとわぬ姿になり、添《そ》い寝してきた。

（うわ……）

伊三郎は、目の前に迫る豊かな乳房に圧倒されて息を呑んだ。

彼女は腕枕してくれ、伊三郎も甘えるように膨らみに顔を押しつけていった。

鼻先に迫る乳首と乳輪は、何とも綺麗な桜色をし、はち切れそうな膨らみは細かな血管が透《す》けるほど色白だった。

「良いのですよ。お好きなように……」

沙霧が甘い息で囁き、ツンと突き立った乳首を彼の口に押しつけてきた。

伊三郎もチュッと吸い付き、顔中を柔らかな膨らみに密着させた。

甘ったるい汗の匂いも馥郁《ふくいく》と鼻腔を満たし、彼はコリコリと硬くなった乳首を執拗《しつよう》に舌で転がした。

「ああ……、いい気持ち……」

沙霧がうっとりと喘ぎながら、徐々に仰向けの受け身体勢になっていった。

伊三郎ものしかかるように移動しながら、もう片方の乳首も含んで吸い、念入りに舐め回した。

胸元や腋《わき》からは胸の奥が溶けてしまいそうに甘い体臭が漂い、上からは白粉臭の息が吐きかけられ、彼は女の匂いだけですぐにも二度目の射精がしたくなるほど高まってしまった。

両の乳首を交互に味わうと、さらに芳香に誘われ、彼は沙霧の腋の下にも顔を埋《うず》め込んでいった。

色っぽい腋毛に鼻を擦《す》りつけると、そこは汗に生ぬるく湿り、甘ったるい体臭が濃厚に籠もっていた。

伊三郎は何度も深呼吸して美女の匂いを嗅ぎ、胸を満たしてから滑らかな脇腹《わきばら》を舐め下りていった。腹の真ん中に移動して、形良い臍《へそ》を舐め、白く張りのある下腹から腰、ムッチリとした太腿《ふともも》を下降した。

本当は早く肝心な部分を見たかったが、そうしたらすぐ入れたくなり、あっという間に済んでしまうだろう。

せっかく一度目の射精をしたばかりなのだから、少しでも多く女体の隅々まで観察したかった。

脚を舐め下り、丸い膝小僧《ひざこぞう》を通過すると、まばらな体毛のある脛《すね》を舌でたどった。

足首まで行くと、彼は沙霧の足裏に顔を押しつけ、踵《きびす》から土踏まずを舐め回した。

「あう……」

彼女も驚いたように呻き、ビクッと脚を震わせたが、好きにさせてくれた。

さらに伊三郎は、縮《ちぢ》こまった指の股《また》に鼻を割り込ませ、汗と脂《あぶら》に湿って蒸《む》れた匂いを貪《むさぼ》った。

そして爪先《つまさき》にしゃぶり付き、指の間を順々に舐め、もう片方の脚も味と匂いが薄れるまで賞味してしまった。

「アア……、くすぐったいわ……」

沙霧は喘ぎながら、唾液にまみれた爪先を彼の口の中で縮めた。

やがて伊三郎は彼女の脚の内側を舐め上げ、張りのある内腿をたどって股間に顔を進めていった。

武士が女の股に顔を入れるなど、本当は有り得ないことかも知れないが、今は熱烈にしてみたかった。沙霧も僅かに立てた両膝を左右に開いてくれ、彼の鼻先で余すところなく陰戸《ほと》を晒《さら》してくれた。

伊三郎は、熱気と湿り気の籠もる中心部に目を凝《こ》らした。

色白の肌が下腹から股間に続き、ふっくらした丘に、黒々と艶のある恥毛が情熱的に濃く茂《しげ》っていた。その下の方は蜜汁の雫を宿し、割れ目からはみ出した陰唇が濃い桃色に色づいていた。

彼は恐る恐る指を当て、グイッと左右に広げて、内職先の本屋でもらった春本の陰戸の図を思い出しながら観察した。

中も綺麗な桃色の柔肉で、膣口が細かな襞《ひだ》を入り組ませ、彼の視線を受けてヒクヒクと息づいていた。

ここから、あの清らかな茜が生まれ出てきたのだ。

膣口の少し上にポツンとした尿口の小穴が確認でき、さらに包皮の下からは小指の先ほどもあるオサネが、男の亀頭を小さくしたような形をして、ツンと突き立って光沢を放っていた。

やはり生身は、春画の何倍も艶《なま》めかしく美しかった。

伊三郎は初めて見る神秘の部分を瞼《まぶた》に焼き付け、吸い寄せられるように顔を埋め込んでいった。

柔らかな恥毛に鼻を擦りつけると、腋に似た甘ったるい汗の匂いが濃厚に籠もり、下の方は悩ましい残尿臭の刺激も入り交じっていた。

そして舌を這わせると、淡い酸味のヌメリが迎え、彼は膣口の襞を掻《か》き回し、オサネまで味わうようにゆっくり舐め上げていった。

三

「アアッ……！　な、舐めて頂けるのですか……」

沙霧が喘いで言い、下腹をヒクヒクと波打たせながら、内腿でキュッときつく伊三郎の両頬を挟《はさ》み付けてきた。

彼は溢《あふ》れる淫水をすすり、オサネをチロチロと舐め回した。さらに上唇で包皮を剝《む》き、完全に露出した突起を乳首のように吸った。

「あう……、それ、いい気持ち……」

沙霧が顔を仰《の》け反《ぞ》らせて呻き、内腿に力を込めた。

伊三郎は、美女の味と匂いを堪能してから沙霧の腰を浮かせ、白く豊満な尻の谷間にも顔を埋め込んでいった。

そこには薄桃色の蕾《つぼみ》がひっそりと閉じられ、彼の熱い視線と息を感じて恥じらうように細かな襞を震わせていた。

鼻を押しつけると、双丘が顔中に密着し、蕾に籠もる秘《ひ》めやかな微香が悩ましく鼻腔を刺激してきた。

これほどの美女でも、やはり厠《かわや》に行くのだと思うと激しい興奮が湧き、もちろん少しも嫌ではなく、彼は舌を這わせはじめた。

収縮する襞を舐め回し、充分に濡らしてから舌先を潜《もぐ》り込ませると、ヌルッと舌が粘膜に触れた。

「く……!」

沙霧が熱く呻き、キュッと肛門で彼の舌先を締め付けてきた。

伊三郎は舌を出し入れさせるように蠢かせてから、ようやく彼女の脚を下ろし、舌を引き抜いた。そして陰戸から溢れて滴《したた》る蜜汁を舐め取りながら、再びオサネに吸い付いていった。

「い、入れて下さい……！」

沙霧が声を上ずらせてせがみ、伊三郎もすっかり高まり、舌を引っ込めて身を起こしていった。

そのまま股間を進め、急角度にそそり立った幹に指を添えて下向きにさせ、唾液と蜜汁に濡れた陰戸に先端を押しつけた。

ヌメリを与えるように擦りつけながら位置を探ると、沙霧も僅かに腰を浮かせて誘導してくれた。

すると、たちまち亀頭がヌルッと嵌《は》まり込み、そのまま伊三郎は根元まで押し込んでいった。中は熱く濡れ、子を産んでいても締まりは良く、キュッキュッと心地よく締め付けられた。

「アア……、いい……！」

沙霧が喘ぎながら両手を伸ばしてきたので、彼も抜けないよう股間を押しつけながら片方ずつ脚を伸ばし、身を重ねていった。

彼女も両手を回して抱きすくめてくれると、伊三郎の胸の下で豊かな乳房が押し潰《つぶ》れて弾んだ。

「突いて下さい。強く奥まで……」

沙霧が熱く甘い息で言い、先にズンズンと股間を突き上げてきた。

伊三郎もぎこちなく腰を突き動かしはじめたが、気が逸《はや》ってヌルッと抜け落ちてしまった。

「あう、済《す》みません……」

「いいえ、初めてなら仕方がないわ。どうか慌《あわ》てずに」

「あの、私が下になってもいいですか……」

伊三郎は言い、いったん一物を引き抜いた。前に春画で見て、最初は美女に組み伏せられるのが憧《あこが》れだったのだ。

すると沙霧もすぐに身を起こしたので、彼は入れ替わりに仰向けになっていった。

彼女は屈み込むなり、もう一度亀頭にしゃぶりついて、唾液のヌメリを補充してくれた。

すぐに顔を上げて恐る恐る伊三郎の股間に跨《また》がり、屹立《きつりつ》した先端に濡れた陰戸を押し当ててきた。

そして息を詰《つ》めてゆっくり腰を沈めると、たちまち一物はヌルヌルッと滑らかな肉襞の摩擦を受け、根元まで呑み込まれていった。

「ああッ……、奥まで届くわ……」

沙霧が顔を仰け反らせて喘ぎ、完全に座り込んで股間を密着させた。

そして若い肉棒を味わうようにキュッキュッと締め付け、少し股間を擦りつけてから身を重ねてきた。

伊三郎も、その快感に暴発を堪え、股間に感じる重みと温《ぬく》もりを嚙《か》み締めた。

両手を伸ばして抱き留めると、沙霧も彼の肩に腕を回し、ピッタリと肌の前面を押しつけてきた。

柔らかく弾む乳房とともに、恥毛も擦れ合い、コリコリする恥骨の膨らみも伝わってきた。

沙霧がしゃくり上げるように腰を遣いはじめると、伊三郎も合わせて小刻みに股間を突き上げた。そうすると、もう抜け落ちることもなく調子がついて、互いの動きが一致してきた。

やはり本手《ほんて》（正常位）だと、双方が動いてしまうので女が夢中になるほど抜けやすく、茶臼《ちゃうす》（女上位）の場合は仰向けの男の腰が安定しているから抜けにくいのだろうと思った。

溢れる蜜汁に動きが滑らかになり、クチュクチュと湿った摩擦音も淫らに響いてきた。そしてトロトロと滴るヌメリが、彼のふぐりから尻の方にまで生温かく伝い流れてきた。

高まりながら下から唇を求めると、沙霧も上からピッタリと唇を重ね、熱く甘い息を弾ませながら舌をからめてくれた。

伊三郎もチロチロと美女の舌を舐め回し、生温かな唾液をすすって絶頂を迫らせていった。

「ああ、唾をもっと……」

口を合わせたまま思わずせがむと、沙霧は大量の唾液を分泌《ぶんぴつ》させ、トロトロと口移しに吐き出してくれた。この美しくも優しい観音《かんのん》様は、言えば何でも叶《かな》えてくれるのだった。

彼は、ネットリと生温かく小泡の多い美女の唾液を味わい、飲み込んで心地よく喉を潤《うるお》した。

そして沙霧の唾液と吐息、肉襞の摩擦に激しく高まった。

するとそのとき、別の息遣いに気づき、伊三郎は思わず動きを止めた。

襖《ふすま》が僅かに開き、向こうに茜らしき人影が見え、熱い呼吸を繰り返しているではないか。

「気にしないで下さい。いつも自分でしているので……」

沙霧が囁き、腰の動きを続けた。

母親の情交を覗《のぞ》き見ながら、初潮の血にまみれて手すさびするという妖しい状況に伊三郎も戸惑いつつも高まり、動きを再開させた。

そして美女の喘ぐ口に鼻を押しつけ、白粉のように甘い刺激の息を胸いっぱいに嗅ぎながら突き上げを激しくさせていった。

すると沙霧は舌を伸ばし、彼の鼻の穴をヌラヌラと舐め回してくれたのだ。

「ああ……、い、いく……」

甘い匂いと唾液のヌメリに包まれながら、とうとう伊三郎は口走り、たちまち二度目の絶頂を迎えてしまった。大きな快感の渦《うず》に巻き込まれ、熱い大量の精汁を勢いよく柔肉の奥にほとばしらせた。

「き、気持ちいいッ……、アアーッ……！」

奥深い部分に噴出を感じた途端、沙霧も激しく気を遣《や》って喘いだ。同時に、ガクンガクンと狂《くる》おしい痙攣《けいれん》を開始し、膣内の収縮も最高潮になった。

伊三郎は快感を噛み締めながら、摩擦の中で最後の一滴まで出し尽くし、徐々に突き上げを弱めていった。

するると沙霧も、ゆっくりと熟れ肌の強ばりを解いてゆき、満足げにグッタリと力を抜いて体重を預けてきた。

「ああ……、気持ち良かった。とっても……」

沙霧が荒い呼吸とともに言い、伊三郎も甘い息を間近に嗅ぎながらうっとりと快感の余韻《よいん》に浸り込んだ。

そして名残惜《なごりお》しげに収縮する膣内に刺激され、過敏になった一物がヒクヒクと中で跳《は》ね上がった。

「あう……、もう暴れないで。感じすぎます……」

沙霧が呻き、一物の震えを押さえつけるようにキュッときつく締め上げてきた。

伊三郎は彼女の重みと温もりを受け止めながら、とうとう女を知った感激を嚙み締めていた。

口に出して飲んでもらったときも夢のように心地よかったが、やはりこうして男女が一つとなり、快感を分かち合うことが最高なのだと実感した。

重なったまま互いに荒い息遣いを繰り返していたが、もう襖は閉まり、茜も布団に戻ったようだった。

ようやく呼吸を整えると、そろそろと沙霧が身を起こして股間を引き離し、懐紙で手早く陰戸を拭い、丁寧《ていねい》に一物を拭き清めてくれた。

伊三郎は身を任せ、いつしか傷の痛みが完全に癒えていることに気づいた。

（やはり、茜から出た汁が傷を治した……？）

彼は思い、初体験をした沙霧もさることながら、神秘の美少女のことがやけに気になってしまった。

四

「これを着てお帰り下さいな。死んだ主人のものですが。濡れたものは後日お返し致します」

沙霧が言い、亡夫の着物と下帯まで出してくれた。

伊三郎も言葉に甘え、それらを身に着けた。今は、あれほどひどかった俄雨も上がったようだ。

この一軒家は、表通りにある薬種問屋の持ち物らしい。

沙霧と亡夫は、夫婦で住み込んで薬種問屋で働いていたようだ。夫婦の国許に伝わる薬草の調合も、店では重宝していたらしい。

さらに生まれた茜が、何かしら神通力のようなものを持っていることに気づき、茜から出る体液が傷や病を癒《いや》すことを発見した。

そこで夫婦は、店から頼まれている薬に、茜の体液もこっそり調合するようにし、良く効くということでいっそう店が繁盛するようになったようだ。

それで夫が死んだ今も、沙霧と茜の母娘は店から大切にされているらしい。

いっぽう十八となった茜は、時として神がかった神託をするようになり、お札《ふだ》を作っては近くの神社に納めに行っているのだという。

今も、その帰り道に初潮の癪を起こしたようだった。

むろん神通力と言ったところで、ほとんどは偶然か暗示に近いものだろうと伊三郎は思った。

その証拠に茜は、実父の病を治せなかったし、自分の初潮も予期できなかったのである。

しかし伊三郎の、顔や手の傷が跡形もなく治ってしまったのも事実であった。

「では、着物をお借りします。明日にも取りに伺いますので」

伊三郎は沙霧に言って辞儀をし、着流しに大小を帯びて家を出た。

神田に向かうと、すっかり空は晴れ、西空が真っ赤に染まって日が落ちるところだった。

疲労もなく、伊三郎は軽やかな足取りで雨上がりの道を家まで歩いた。

帰宅して部屋に入ると大小を置き、竈《かまど》に残っている炭を吹いて火を起こし、なけなしの米と野菜、味噌《みそ》を鍋《なべ》に入れた。

これで食材も底をついたので、結局明日また実家に借りに行くしかなかった。あるいはその前に書店に寄れば、新たな仕事が入っていて、少しばかり前借りできるかも知れない。

やがて夕餉《ゆうげ》を済ませると、行燈《あんどん》の油も勿体《もったい》ないので伊三郎は早々と戸締まりをして寝ることにした。

（あれは、本当のことだったのだろうか……）

茜と出会い、沙霧と情交してしまったことなどを、彼は暗い天井を見上げながら順々に思い起こした。

夢のような一時ではあったが、まだ鼻腔には女の匂いが残り、舌にも指にも、感触が甦《よみがえ》ってきた。

思い出すとむくむくと勃起してしまい、すぐにも手すさびしたくなってしまったが、今日はすでに沙霧の口と陰戸に二回射精している。

日頃から、春本を見て三度ぐらい続けて抜くこともあるが、今は貴重な思い出を胸に眠りたかった。

それに明日、着物を返しに行ったら、また良いことがあるかも知れないと思い、今宵《こ よい》はこのまま眠ることにした。

そして実際、いろいろなことがあって身も心も疲れていたのだろう。いくらも経《た》たぬうち伊三郎はぐっすりと眠り込んでしまったのだった……。

――翌朝、伊三郎はいつものように明け六つ（夜明けの少し前）に起き、裏の井戸端で顔を洗い、房楊枝《ふさようじ》で歯を磨《みが》いた。

東天が白み、今日は天気が良さそうだった。

やがて義父母の位牌《いはい》に線香を上げ、昨夜の余りの飯を食い、洗い物を済ませると彼は素読をした。

本当は早く母娘の家に行きたいが、着物や袴が乾くのは昼過ぎだろう。

小普請方の手伝いに呼ばれるなど、年にそう何度もあるわけではない。

もっとも、そんな僅かな仕事で扶持《ふち》がもらえるのも有難いのだが、ほとんどは内職が本業である。

だから家にいるときは、なるべく学問をすることにしていた。実家にいる頃は道場にも通わされたが、どうにも荒っぽいことは性に合わない。それに長く泰平が続き、この先戦乱があるとも思えないのだ。世は金持ちの町人が台頭し、いずれ剣術も武士の表芸ではなくなってしまうかも知れない。

だから学問が第一だと伊三郎は思っていた。もちろん素読の合間には、書店から借りている黄表紙や春本にも目を通してしまう。

そうして昼近くになると、ようやく伊三郎は腰を上げた。

沙霧の亡夫の着物と袴を身に着け、大小を帯び、借りた着物を畳《たた》んで風呂敷《ふろしき》に包み、小脇に抱えて家を出た。

まずは書店に寄り、仕事の有無を訊《き》いてみようと思った。

しかし、少し歩いたところで、伊三郎はまた例の旗本三人組に出くわしてしまったのだった。

因縁《いんねん》をつけられる前に、伊三郎は道の端に行き、深々と頭を下げた。

「おお、吉村か。質屋へでも行くのか」

山場一之進が声を掛けてくると、他の二人も退屈しのぎの相手を見つけた喜びに下《げ》卑《び》た笑みを浮かべて近寄ってきた。

「膝を突いて頼めば、少々の金をくれてやるぞ」

一之進が言い、他の二人が伊三郎の両側から迫って土下座させようとした。

「さあ、乞食《こじき》の真似《まね》をしろ。山場さんが金をくれると仰《おっしゃ》っているのだぞ」

「お、お断り致します……」

伊三郎が拒《こば》んで言うと、三人は喧嘩《けんか》の切っ掛けを掴んだように一斉に気色ばんだ。

「何だと！」

「私は、質屋へ行くのではありません」

「何、ならばどこへ行くのだ」

「申し上げられません。どうか私のことなど放っておいて下さいませ」

「何を生意気な！」

左右から二人が言って殴りかかろうとした。

しかし、その時である。

頭上に羽ばたきが響き、何羽かの烏《からす》が襲いかかってきたではないか。

「うわ……！」

三人は頭を突つかれ、声を上げて身を屈めた。なおも烏たちは執拗に三人の目を狙《ねら》い、鋭《するど》い嘴《くちばし》を向け続けたのだ。

「な、何だ、この鳥たちは……！」

一之進が言い、目を庇《かば》うのに必死で、抜刀する隙《すき》も与えられなかった。

しかし伊三郎だけには襲ってこないのである。

「い、行くぞ……！」

一之進の一声で、他の二人も駆け出し、たちまち三人は退散していった。鳥も、しばらく追っていたが、やがて諦《あきら》めたように空に散っていった。

(な、何だ、今のは……)

伊三郎は頭上を見て、もう鳥も見えなくなったのでほっと一息ついた。

と、そのとき彼は木立の陰《かげ》にいる巫女の姿を認めた。

彼女はじっと伊三郎を見つめていたが、逃げた三人の姿が見えなくなると、やがてこちらに歩いてきた。手には伊三郎のように風呂敷包みを抱えている。

「あ、茜か……」

「昨日は有難うございました。着物をお返しに」

言うと、彼女は笑みを浮かべて答えた。もう顔色も良く、艶やかな長い髪が実に清らかだった。

「返しにって、私の家も知らないだろうに」

「何となく分かります」

「え……、今の鳥も、茜が呼び寄せたのか……」

「さあ、そう念じたら、その通りになっただけ」

茜が可憐な笑みで言い、伊三郎はその神秘の美しさに魅《み》せられてしまった。

「とにかく、せっかく来てくれたのなら家に行こう。先に歩いてごらん」

言うと、彼女は伊三郎の先を少し離れて歩き、迷うことなく彼の家まで行ったのである。

「ううん、不思議だ……」

伊三郎は唸《うな》り、一緒に家に入った。

沙霧は、初潮を迎えた茜の力が、強まるか弱まるか危惧《きぐ》していたようだが、どうやら強まっているのではないかと彼は思った。

「もう腹の痛みは大丈夫なのかい?」

「はい、一夜ですっかり」

「そうか。それなら良かった」

伊三郎は言って風呂敷包みを開け、借りていた着物を出して渡した。

茜も包みを開いて、きちんと畳まれている着物と袴、下帯まで出してくれた。

さらに彼女は、三合ばかりの米と野菜、味噌まで取り出したのである。

「こ、このようなもの、もらう謂《いわ》れはない……」

「いいえ、お礼ですので、どうか」

茜が丁重に差し出し、伊三郎もやがて頷《うなず》き、有難くもらうことにした。

そして、初めて自分の家に上がり込んできた美少女を前に、彼は激しく淫気を催《もよお》してしまったのである。

五

「茜……、どうにも……」

伊三郎は身悶《みもだ》えする思いで言い、どのように切り出そうか迷った。

しかし茜の方は、まだ無垢《むく》にもかかわらず、とうに彼の淫気は見抜いていたようだった。

「私を抱きたいのですね。でも駄目です」

茜が黒目がちの目でじっと彼を見つめ、可憐な声で歯切れ良く言った。

「ああ、やはり無理か……」

伊三郎は肩を落として言った。

元より彼は、力尽《ず》くで犯すような男ではない。

彼女は母親との情交を覗き見たのだから、その同じ男を相手にするのは抵抗があるのだろう。

「いいえ、そうではありません」

と、茜は伊三郎の思いを見透かしたように言った。

「え……？」

「今はまだ不浄のときですので、いずれ済んだら」

「ほ、本当か。ならば舐めるだけでも……」

「いけません」

さすがに茜も、そうしたときに陰戸を見られるのは嫌なようだった。

「それなら口吸いは？」

「構いません」

「わあ、乳を吸うのは？」

「それもお望みなら。全部脱ぐのでなければ」

茜が言うと伊三郎は激しく勃起し、嬉々《きき》として床を敷き延べた。どうやら股を見たり舐めたりしない限り、他のことは許してくれるらしい。

「じゃ、ここへ来て、胸を開いて……」

伊三郎が興奮に舌をもつれさせながら言うと、彼女も素直に布団の上に移動して座り、袴はそのままで、白い衣を寛《くつろ》げ、胸元を開いてくれた。

「あ、先にここを……」

彼は茜を仰向けにさせ、足の方に回って白足袋《しろたび》を脱がせた。

そして足首を摑んで浮かせ、可憐な足裏に顔を押しつけた。茜もじっとしているので、足なら構わないようだ。

舌を這わせ、縮こまった指の間に鼻を押しつけて嗅ぐと、やはりそこは汗と脂に生温かく湿り、ムレムレになった匂いが籠もっていた。昨夜は身体を拭いただけで、今日は入浴もしていないのだろう。

伊三郎は清らかで神秘的な美少女の足の匂いを貪り、爪先にしゃぶり付き、順々に指の股に舌を割り込ませていった。

「アア……」

茜が小さく喘ぎ、ビクッと足を震わせて反応した。

伊三郎は愛しげに全ての指の間を味わい、桜色の爪を嚙み、もう片方の足も味と匂いが薄れるほど堪能した。

朱色の袴は行燈袴で、両脚が分かれておらず、このまま潜り込めば陰戸に達するだろう。もちろん月の障《さわ》りの最中でも構わないのだが、茜が嫌がるだろうから断念し、せめて脛当たりまで舐めるにとどめた。

やがて伊三郎は彼女に添い寝し、乱れた胸元からはみ出す乳房に迫った。

さすがに沙霧ほどの豊かさはないが、乳首も乳輪も初々《ういうい》しい薄桃色で、張りのありそうな膨らみはやや上向き加減の形良さだった。

堪らずに乳首を含んで舌で転がすと、

「ああ……！」

茜が声を洩らし、彼の顔を胸に抱きすくめてくれた。

顔中を膨らみに押しつけると、何とも心地よい弾力が感じられ、乱れた着物の中から漂う甘ったるい汗の匂いが馥郁と揺らめいた。

さらに胸元を開かせ、彼は潜り込むようにしながら、もう片方の乳首にも吸い付いていった。

こちらも舌で転がし、優しく吸うと、茜の呼吸が荒くなり、次第にクネクネと身悶えるようになってきた。伊三郎は左右の乳首を交互に含んで舐め、もう後戻りできないほど勃起してしまった。

「このように……」

やがて彼は仰向けになって言い、茜に腕枕してもらいながら、上から唇を重ねてもらった。

柔らかな唇が密着し、可憐な感触とともに唾液の湿り気も感じられた。

舌を挿《さ》し入れ、白く滑らかな歯並びを舐め、桃色の引き締まった歯茎まで探ると、彼女もチロチロと舌をからめてくれた。

美少女の舌は何とも柔らかく、トロリとした生温かな唾液に濡れていた。

そして吐き出される息は、胸の奥が切なくなるほど甘酸っぱい、果実のような芳香が含まれ、悩ましく鼻腔を刺激してきた。

伊三郎は、美少女の唾液と吐息を貪るように吸収し、執拗に舌を舐め回した。

「もっと唾を……」

唇を重ねたまま囁くように言うと、言葉は不明瞭だったが、茜は察してくれ、懸命に唾液を分泌させてトロトロと口移しに注いでくれた。

神秘の力を持った唾液を飲み込むと、胸の奥まで甘美な悦《よろこ》びが沁《し》み渡っていった。

もう我慢できず、伊三郎は茜と舌をからめ、清らかな唾液で喉を潤しながら、自分も裾《すそ》を開き、下帯を取り去ってしまった。

このまま自分で出してしまおうと思ったのだ。

しかし茜が唇を重ねながら、手探りで一物をいじってくれたのだ。

「ク……」

彼は快感に呻き、美少女の愛撫に身を任せた。

初めてだろうに、茜は巧《たく》みに指を這わせ、ニギニギと柔らかな手のひらの中で揉んでくれた。

あるいは彼の心を読み取り、望むことをしてくれているのかも知れない。

高まりながら、さらに伊三郎は、大胆なことを願ってしまった。

すると茜も口を離し、彼の股間の方に顔を移動させてきたのだ。

仰向けになって期待に胸を高鳴らせていると、彼女は幹を握ったまま屈み込み、息がかかるほど近々と男のものを見つめてきた。

そしてチロリと舌を伸ばし、鈴口から滲む粘液を舐め取りながら、張りつめた亀頭にしゃぶり付いてくれた。

「アア……」

伊三郎は夢のような快感に喘ぎ、股間に熱い息を受けながら高まっていった。

茜もモグモグとたぐるように根元まで呑み込み、幹を丸く締め付けて吸った。

小さく神聖な口の中に深々と納まると、一物は唾液にまみれながらヒクヒクと快感に震えた。

内部ではチロチロと舌が蠢き、伊三郎は我慢できず小刻みにズンズンと股間を突き上げはじめてしまった。

「ンン……」

茜は喉の奥を突かれるたびに小さく呻き、新たな唾液をたっぷりと溢れさせた。

そして自分も顔を上下させ、濡れた口で摩擦してくれたのだ。

「い、いく……、アアッ……!」

たちまち伊三郎は昇り詰め、大きな快感に全身を貫かれながら喘いだ。

同時に、ありったけの熱い精汁がドクドクと勢いよく内部にほとばしり、美少女の喉の奥を直撃した。

「ク……」

茜は噴出を受け止めて呻き、それでも吸引と舌の動きは続行してくれた。

伊三郎は溶けてしまいそうな快感に身悶え、情交するように股間を突き上げながら最後の一滴まで出し尽くしてしまった。

「ああ……、ごめんよ……」

激情が過ぎると、急に無垢な口を汚してしまったことを済まなく思い、彼は息を弾ませて言った。

しかし茜は口を離さず、口いっぱいに溜まった精汁を何度かに分けてコクンと飲み込んでくれた。

喉が鳴るたび、口腔がキュッと締まり、伊三郎は駄目押しの快感に幹を震わせた。

まさか昨日、沙霧の口と陰戸に射精した翌日、その娘に飲んでもらうことになろうとは夢にも思わなかったものだ。

やがて全て飲み干すと、茜もチュパッと軽やかな音を立てて口を離し、なおも幹を握ったまま、鈴口から滲む余りの精汁を丁寧に舐め取ってくれた。

「あうう……、も、もういいよ……、有難う……」

感じすぎ、過敏に亀頭をヒクヒクと震わせながら腰をよじり、彼は降参するように言った。

ようやく茜も顔を上げ、チロリと舌なめずりした。

伊三郎は彼女を抱き寄せ、また腕枕してもらった。

「不味《まず》くなかったかい？」

「ええ、伊三郎さんの出したものだから、とっても美味《おい》しかったわ……」

言われて、彼は感激して舞い上がる思いだった。

茜の吐き出す息に精汁の生臭さは残らず、さっきと同じ甘酸っぱい芳香が含まれていた。

そして伊三郎は美少女の温もりに包まれ、果実臭の息を嗅ぎながら、うっとりと快感の余韻を噛み締めたのだった……。

第二章　大旗本の息女と懇《ねんご》ろに

一

「すっかり遅くなりましたね。飛鳥《あすか》様、急ぎましょう」

女の声がし、ちょうど書店に立ち寄った帰り道に通りかかった伊三郎はそちらの方を見た。

二十代半《なか》ばの女と、まだ二十歳《はたち》前の娘が芝居小屋を出てきたところだった。だいぶ日は傾《かたむ》き、芝居小屋の並びにある居酒屋からは早くも酔漢の声が聞こえはじめている。

娘と付き添《そ》いの女は、絢爛《けんらん》たる着物で、大身の家柄であることが分かった。二人は迎えの乗り物を探すように歩いていたが、そのとき数人の町奴《まちやっこ》らしき破落戸《ごろつき》が通りかかった。

「ほう、娘もお女中も美形じゃのう。酌《しゃく》でもしてもらおうか」

すでに酔っている髭面《ひげづら》の大男が二人に話しかけ、他の連中も彼女たちを取り囲んだではないか。昨今は町奴が我がもの顔にのし歩き、武家相手でも臆《おく》することなく横暴を繰り返していた。

「美也《みや》……」

飛鳥と呼ばれた娘が声を震わせ、女の袖《そで》を摑《つか》んだ。

「おどきなさい。無礼な」

「なあに、ほんの少し付き合ってくれりゃいいんだ」

付き添いの女、美也が気丈に言ったが、連中は下卑《げび》た笑いを浮かべて迫《せま》った。

「誰か……」

女が、怯《おび》えている娘を庇《かば》いながら言ったが、周囲に人はおらず、いても遠巻きにして関わらぬようにしていた。

伊三郎は、弱いくせに武士の矜持《きょうじ》だけは一人前だから、思わず駆け寄っていた。

「止《よ》さぬか。迷惑しているだろう」

「おうサンピン。痛い目に遭《あ》いてえのか」

破落戸たちが凄《すご》み、色白で小柄な伊三郎を見て長脇差《ながわきざし》を抜くまでもないと思ったか、拳骨《げんこつ》を構えた。

(か、烏《からす》はいないようだな……)

伊三郎は思い、他を当てにしたことを恥じながら左手を刀に掛けた。

「おう、やる気か。野郎ども、畳《たた》んじまえ、むぐ……！」

正面の大男が、いきなり呻《うめ》いて屈《かが》み込み、そのまま地に突《つ》っ伏《ぷ》してしまった。

「て、てめえ……！　うがッ……！」

左右の連中も伊三郎に摑みかかってきたが、みな次々に奇声を発し、脾腹《ひばら》を押さえてうずくまっていったではないか。

(な、何が一体……)

伊三郎は目を白黒させながら周囲を見回した。

結局、四人の破落戸が昏倒《こんとう》してしまい、とにかく彼は二人の女を促《うなが》し、その場を離れていった。

喧噪《けんそう》を離れ、静かな場所に来ると、そこへ乗り物が到着した。

「な、何をしていたのです。このお方がいなかったら、どうなったとお思いです！」

美也が陸尺《ろくしゃく》たちを叱《しか》りつけた。

「も、申し訳ございません」

担《かつ》ぎ手の陸尺たちは平伏して言った。

すると美也は、ほっと息をつき、伊三郎の方に向き直った。

「危ないところを有難《ありがと》う存じました。何と素早い技に感服いたしました」

「い、いえ……」

「こちらは小普請《こぶしん》奉行、平田主膳《ひらたしゆぜん》様のお嬢様で飛鳥様。私は侍女の美也と申します。どうかお名前を」

言われて、伊三郎は目を丸くした。小普請奉行となると二千石の大旗本。伊三郎が一番下なら、相手は一番上となる。

「名乗るほどのものではございません」

「いいえ、是非《ぜひ》にも。お殿様からお叱りを受けますので何卒《なにとぞ》」

美也が言うと、飛鳥も熱っぽい眼差《まなざ》しで彼を見つめていた。

「こ、小普請方手伝い、吉村伊三郎と申します」

「まあ、小普請方なら父の下にいらっしゃるのですね」

聞いた飛鳥が顔を輝かせて言った。

もちろん伊三郎は、平田主膳の名だけは知っているが、目通りしたことなど一度もない。

「では私はこれにて。どうかお気をつけて」

伊三郎は二人に辞儀をして言い、足早にその場を立ち去ったが、飛鳥の視線をいつまでも背に感じていた。

（それにしても……）

家へと向かいながら、伊三郎は思った。また茜が守ってくれたのだろうか。そんな遠当ての術なども使えるのだろうか。

そして帰宅した伊三郎は夕餉《ゆうげ》を済《す》ませ、その夜は寝たのだった。

翌朝、彼は顔を洗って朝餉を済ませ、昨日もらった内職をはじめた。ばらばらの頁を束ね、錐《きり》で穴を開け、紐《ひも》を通して綴《と》じる作業だ。

すると誰かが訪ねてきた。

「御免《ごめん》下さいまし。吉村伊三郎様のお宅はこちらでございますか」

美也の声だ。

玄関に出ると、彼女が菓子折を持って立っていた。

「まあ、昨日はお世話になりました」

「いえ、とんでもない。お上がりになりますか。お茶もございませんが」

伊三郎が言うと、美也も悪びれず上がり込んできた。着流しだった彼が急いで袴《はかま》を穿《は》こうとすると、

「どうか、そのままで」

彼女が端座して言い、菓子折を差し出したので、伊三郎も正面に座った。

美也が言い、それとなく室内や内職の様子などを見回した。

「少々探しました」

「ご覧の通り、昨日の連中が言ったようなサンピン（三両一人扶持《いちにんぶち》で、最下級の武士）です」

「お一人なのですね。お歳は」

「十八です」

「左様《さよう》ですか。では飛鳥様と同い年」

美也が、じっと彼を値踏みするように見つめながら言った。

あるいは、同じ小普請方ということで、あらかじめ彼女は、ある程度伊三郎のことを調べてきたのかも知れない。

あとで聞くと彼女は二十五で、平田家の家臣を夫に持っていたが、先年病死して後家。今は飛鳥の身の回りの世話をしているようだった。

「昨夜、あれから飛鳥様は少々熱を出して寝込んでしまいました」

美也が言う。

「それはいけませんね。やはり破落戸などにからまれたので、心に傷を負われたのでは？」

「今日これから、お見舞い頂けますでしょうか。間もなく乗り物が迎えに」

「え……？」

伊三郎は驚き、どうしたものか少し迷った。内職は急ぎでないから良いが、手土産《てみやげ》一つ買えないし、二千石の大旗本の屋敷になど自分が行って良いものだろうかと思ったのだ。

「飛鳥様の、たっての願いですので、どうか」

「そ、そうですか。では……」

答えた伊三郎は立ち、結局袴を着けて脇差を帯びた。

「このような格好でよろしいでしょうか」

「構いません。そろそろ参る頃でしょう。では外へ」

美也が言って立ったので、伊三郎も大刀を手に玄関から出た。

するとちょうど、一挺《ちょう》の乗り物が家の前に着いたところだった。美也が先に乗り込み、伊三郎も陸尺に辞儀をされ、乗り込んだ。

このようなものに乗るのは、もちろん生まれて初めてのことだった。

座布団《ざぶとん》に座ると、傍《かたわ》らに脇息《きょうそく》があり、綱《つな》が下がっている。伊三郎戸が閉められるとふわりと浮き、やがて動きはじめた。伊三郎は綱に摑まり、御簾《みす》は綱に摑まり、御簾《みす》越しに外を眺《なが》めながらも戸惑いが隠せなかった。

御家人の屋敷が連なる一角から、旗本屋敷の方へと入り、店もないので道はどこも静かだった。

そして間もなく平田家に着いた。歩いても四半刻（三十分）足らずで行き着ける距離であろう。

乗り物を降りると、美也の案内で門から入り、屋敷の玄関に向かった。

見える庭も広く、池や築山《つきやま》もあった。屋敷も大御殿で、伊三郎は圧倒されっぱなしであった。

「では暫時《ざんじ》こちらでお待ちを」

美也が座敷に案内し、彼女はすぐに出て行った。開け放たれた障子《しょうじ》の向こうには広大な庭。東屋もあり、形の良い松が植えられていた。

伊三郎は大刀を置き、小さく溜息《ためいき》をついて座った。

するとすぐにも襖《ふすま》が開いて、四十前後の立派な武士が入って来たではないか。

「平田主膳です。こたびは娘がいかい世話に」

「あ……！」

言われて伊三郎は慌《あわ》てて平伏し、額《ひたい》を畳に擦《す》りつけた。

「ご支配のもとにおります、吉村伊三郎です」

「ああ、どうか楽に」

主膳は気さくに言って正面に座った。

二

「たいそうな武芸の腕らしいが、人は見かけによらぬの」

「め、滅相《めっそう》も……」

恐る恐る顔を上げると、主膳は柔和《にゅうわ》な笑みを浮かべていた。

「過日、飛鳥に言ったのだ。好いた男がおらねば、こちらで選ぶぞと」

主膳が言う。もとより大身の旗本ならば、娘の自由などなく、全て親同士が取り決めるものだが、この奉行はなかなかに進歩的で、個人の自由を尊重する方なのかも知れない。

「そうしたら昨日のことがあり、たちまち飛鳥は恋煩《わずら》いに臥《ふ》せってしもうた」

「そんな……」

「まあ、芝居に心酔わし、そのあとあのようなことがあれば、心を奪われるのも分かる。一時の気の迷いもあろうが、あれでなかなか私に似て頑固だから、まず私が会ってみようと思うたのだ」

伊三郎は冷や汗をかき、自分の身に何が起きているのか必死に把握《はあく》しようとした。よもや、婚儀の話などではないとは思うが、緊張と混乱でわけが分からなくなっていた。

「では、私は登城するゆえ飛鳥を見舞《みも》うてやってくれ」

主膳は言い、すぐ立ち上がって出て行った。一息つく間もなく美也がやって来て彼を呼んだ。

「ではこちらへ」

言われて廊下《ろうか》を奥へ入り、何度か曲がり、やがて奥向き（女たちの住む一角）に行った。そして美也が襖を開け、さらに奥の部屋に行くと、そこは飛鳥の寝所のようだった。

「まあ……」

布団の上に半身を起こした飛鳥が、顔を輝かせて伊三郎を見つめた。

美也は彼を入れると出て行って襖を閉めた。次の間で待機するのだろう。

室内には生ぬるく甘ったるい女の匂《にお》いが立ち籠《こ》め、伊三郎は緊張しながらも、何やら胸の奥がモヤモヤしてきてしまった。

飛鳥は、白い寝巻姿に黒髪を解《ほど》き、人形のように美しかった。

「昨日は有難うございました」

「いいえ、お加減はいかがでしょうか」

「良くなりました。伊三郎様のお顔を見た途端に」

飛鳥が白い歯並びを見せて答えた。

それでも彼女は、ゆっくりと横になり、伊三郎もそっとにじり寄って肩を支え、そっと横たえてやった。

「お水を……」

「はい」

飛鳥が言うので、伊三郎は急須に入っていた水を湯飲みに注《そそ》いだ。

「どうか、伊三郎様のお口から……」

飛鳥が大胆にせがみ、頬《ほお》から耳たぶまで桜色に染めた。

「え……？」

伊三郎は驚き、思わず襖の方に目を遣《や》った。

「大丈夫。美也は呼ばぬ限り来ません」

飛鳥が言うし、耳を澄《す》ませても美也の身じろぐ気配は感じられないので、少々のことは黙認するようだ。

しかし、これが少々のことだろうか。伊三郎は戸惑いながらも湯飲みから水を少量含み、待っている飛鳥の顔に屈み込んでいった。

愛らしいぷっくりした唇《くちびる》に触れると、飛鳥は長い睫毛《まつげ》を伏せ、熱く息を弾《はず》ませた。

柔《やわ》らかな感触と、ほのかな唾液の湿《しめ》り気《け》が感じられ、伊三郎は胸を高鳴らせながらそろそろと含んだ水を注ぎ込んだ。

「ンン……」

彼女がうっとりと鼻を鳴らし、噎《む》せないようそっと飲み込んだ。

伊三郎も、残りの唾液混じりの水を注ぎきると、飛鳥は喉《のど》を鳴らしながら両手で彼の顔を抱きすくめてきた。

さらに唇がピッタリと密着し、飛鳥の湿り気ある息が、茜のようにほんのり甘酸《あまず》っぱい匂いを含んで鼻腔《びこう》をくすぐった。その刺激が胸に沁《し》み込み、一物に伝わって激しく勃起してきた。

美也も飛び込んでこないので、今しばらくこうしていても大丈夫だろう。

伊三郎は淫気《いんき》を湧《わ》き起こし、そのままそろそろと舌を挿《さ》し入れてしまった。滑《なめ》らかな歯並びを舐《な》めると、それが開かれ、さらに濃い果実臭を漂《ただよ》わせながら飛鳥が舌を触れ合わせてきた。

いったん触れると、あとは大胆にチロチロと蠢《うごめ》き、伊三郎も清らかな唾液と舌のヌメリを味わいながらからみつけた。

さらに舌の裏側や、上の歯の内側にも舌を這《は》わせると、次第に飛鳥の全身がうねねと悶《もだ》え、呼吸も苦しげに弾んできた。

やがて彼女が顔を横に向けると、ようやく伊三郎も口を離して顔を上げた。

「胸が、熱くて苦しいわ……」

飛鳥が囁《ささや》き、彼の手を握《にぎ》って胸に導いた。さらに大胆に、彼女ははだけた胸の中にまで伊三郎の手を入れてきたのだ。

手のひらに、柔らかな膨《ふく》らみとポッチリした乳首が触れた。

彼も優しく揉《も》み、コリコリと硬《かた》くなった乳首を指の腹でいじった。

「アア……」

飛鳥は熱く喘《あえ》ぎ、羞恥《しゆうち》と好奇心の狭間《はざま》で朦朧《もうろう》となってきたようだった。

「よろしいですか」

と、声がかかって襖が開き、美也が入ってきた。そろそろ止める頃合いと見たのだろう。

伊三郎も手を引き離し、乱れた胸元を整えてやった。

美也も来て、手拭《てぬぐ》いで飛鳥の額や首筋を拭った。

「では、私はこれにて失礼を」

伊三郎は言い、二人に深々と辞儀をした。美也は咎《とが》める様子もなく会釈《えしやく》し、飛鳥も熱っぽい眼差しを彼に向けて頷《うなず》きかけた。

やがて彼は寝所を出て、廊下を曲がりくねって玄関に出た。

「ああ、帰りは歩きますので」

待機していた陸尺に言い、伊三郎は平田家を辞したのだった……。

――また翌日にも、伊三郎の家に美也が訪ねてきた。

「飛鳥様の具合はいかがですか」

「ええ、もともと病ではないので、今日はもう起きております」

訊《き》くと、美也が答えた。

「で、お殿様とも話したのですが、婚儀のこと、いかがでございましょう」

「え……」

唐突に切り出され、伊三郎は混乱した。

「わ、私はご覧の通り一番下っ端です。飛鳥様との婚儀など考えられません。それに私は吉村家の最後の一人ですので、どこへも婿《むこ》には行かれないのです。このように小さな家と名でも、それを守るのが私の務めですので」

「いいえ、飛鳥様には弟様がいらっしゃいますので、嫁に出ることは構いません」

「そ、それならなおさら、飛鳥様をこのような小さな家にお招きするわけには参りません」

「お殿様のお力で、上の役職に就けばご加増も叶《かな》います」

美也が身を乗り出して言う。どうやら主膳も家柄にこだわらず、異存はないようなのだ。

そして主膳は、できる限りの力添えもしてくれるらしい。それは天にも昇るような幸運な申し出であった。

伊三郎の胸に、一瞬茜がよぎった。自分の妻には、大身の旗本の娘より、町家の茜の方が相応《ふさわ》しいと思ったのだ。

「とにかく、良くお考え下さいませ。ご先代が亡くなり、間もなく一周忌を迎えますので、それを過ぎればいつでもと」

美也が言う。

「分かりました。しばらく考えさせて下さいませ……」

伊三郎は、重々しく答えた。

しかし、もし飛鳥の気持ちに変わりがなければ、伊三郎の役職の一番上からの申し出なので、断るわけにはいかないだろう。

断るなどという事態も有り得ないが、とにかく彼には青天の霹靂《へきれき》で、まだ現実のものとして把握できないのであった。

「姫様は、たいそう伊三郎殿にご執着《しゅうちゃく》です。もともと天真爛漫《てんしんらんまん》なところがあり、実はお恥ずかしい話ですが、ご自分で慰《なぐさ》めることも覚えてしまい、男女のことには強い関心をお持ちです」

「はあ……」

あの可憐《かれん》な姫君が、自分を思ってオサネをいじって濡《ぬ》らしていると思うと、伊三郎はどうにも痛いほど股間が突っ張ってきてしまった。しかも、それを艶《あで》やかな美也の口から聞かされたのだ。

「伊三郎殿は、まだ無垢《むく》でございましょう」

「は、はい……」

すでに沙霧を知っているが、もちろん彼は無垢を装《よそお》った。

「婚儀のことはともかく、その前にお身体《からだ》を診《み》てみたいのですが、いかがでしょう」

美也が言い、いよいよ伊三郎の胸は妖《あや》しく高鳴ってきたのだった。

三

「そ、それは、どういう……」

「はい。全てお脱《ぬ》ぎになり、つぶさに拝見したいのです」

伊三郎が興奮を抑えて訊くと、美也は淡々と言った。密《ひそ》かな動揺があるのかないのか、狼狽《ろうばい》している彼には見抜けなかった。

そして彼女は、多少なりとも医学の心得もあるのだろう。それで姫君の夫候補に、病などがないか調べたいようだった。

「しょ、承知いたしました……」

「では、お願い致します」

伊三郎が言うと、美也は端座したまま答えた。

彼は立ち上がって床《とこ》を敷き延《の》べ、帯を解いて着物を脱いでいった。

「全てですか」

「はい。どうかそれも取り去って横に」

言われて、伊三郎は下帯まで解き放ち、全裸になって布団に仰向《あおむ》けになった。

すでに一物はピンピンに屹立《きつりつ》し、美也もそれを目に留めた。

「も、申し訳ありません。このようになってしまい……」

伊三郎は、羞恥と興奮に息を震わせて言った。

「良いのです。若いのですからお元気な証《あか》し。しかし私に淫気を？」

「ご、御無礼はお許しを。何しろ、お美しい美也様を前に、どうにも……」

「ご自分では、どれぐらい致すのですか」

「日に、二度か三度……」

「まあ！　そんなに……」

言うと美也は目を丸くした。

「では、拝見いたします」

やがて彼女がにじり寄り、まずは伊三郎の目を開かせ、眼球から調べはじめた。鼻や耳、歯並びから喉の奥まで、つまり穴という穴を全て観察してから、手を這わせて首から胸、脇腹《わきばら》まで撫《な》で回してきた。

「どうかうつ伏せに」

冷静な声で言われ、伊三郎は腹這いになった。

すると美也は、彼の肩から背中、腰から尻まで指や手のひらで圧迫しながら移動していった。

「色白で、何と綺麗《きれい》な肌……。今まで大きな病は？」

「何もありません……」

彼は答えると、美也は両の親指で尻《しり》の谷間までムッチリと広げ、肛門まで観察してきた。

そして太腿《ふともも》から足まで順々に撫で回し、再び彼を仰向けにさせた。

一物はさっき以上に勃起し、鈴口からは粘液が滲《にじ》み出ていた。美也の観察も、どうやら最後の部分に来たようだ。

まずは彼を大股《おおまた》開きにさせ、しなやかな指先でふぐりに触れてきた。

「ああ……」

二つの睾丸をいじられ、柔らかな手のひらに袋を包まれながら伊三郎は喘いだ。

異常もなかったと見え、美也の指先が、とうとう一物に触れてきた。

幹を撫で上げ、張《は》りつめた亀頭をいじり、指の腹でそっと粘液を拭い取って嗅《か》いだりした。

「あうう……、そのようにいじられますと、出てしまいます……」

「構いません。精汁も拝見したいのです」

伊三郎が言うと美也が答え、さらに両手のひらで幹を挟《はさ》んで錐揉みにしてきた。

愛撫《あいぶ》はぎこちないが、懸命さが伝わり、今まで押し殺していた美也の淫気も徐々に感じられてきた。

その証拠に冷静を装っていた顔がほんのり上気して紅潮し、目がキラキラと輝き、息も熱く弾んできたのである。

やはり夫を失って数年、いったん快楽を知った肉体は相当に飢《う》えているのだろう。

「まだですか。どのようにすれば良いか言ってくださいませ」

手が疲れてきたか、美也が股間から言った。

「つ、唾《つば》を垂《た》らして、濡らしてください……」

言うと美也も屈み込んで顔を寄せ、形良い唇をすぼめ、白っぽく小泡の多い唾液をトロトロと吐《は》き出してくれた。

それを先端に垂らして指で塗《ぬ》り付け、次第に一物はヌラヌラと美女の唾液にまみれていった。

さらに美也は、驚くべき行動に出た。

「吸った方が、早く出るのでしょうね……」

言うなり彼女はパクッと亀頭を含み、頬をすぼめて吸い、内部ではチロチロと舌も這い回ってきたのである。

「ああ……」

股間に熱い息を受け止め、彼は舌のヌメリと吸引に高まって喘いだ。

まさか武家の女が口でしてくれるとは思わなかったのだ。もちろん沙霧のように、抵抗なく巧《たく》みにしてくれるのとは違う。彼女は自らの行動に興奮を高め、ぎこちないながら舌を蠢かせた。

もう姫君の夫候補の観察の域を出て、今や美也自身の好奇心と欲望で行動しているようだった。

「い、いきそう……」

伊三郎は快感に喘ぎ、舌に翻弄《ほんろう》され唾液にまみれた幹を震わせた。

さらに小刻《こきざ》みに股間を突き上げ、濡れた唇で摩擦《まさつ》してもらった。

「ンン……」

美也も熱く鼻を鳴らし、顔を上下させて摩擦を強めてくれた。

「いく……、ああッ……！」

とうとう伊三郎は大きな絶頂の快感に包まれ、口走りながらありったけの熱い精汁をドクドクと勢いよくほとばしらせ、彼女の喉の奥を直撃した。

「ク……」

噴出を受け止めると、美也は小さく呻き、さらにキュッと口腔を締め付けて吸ってくれた。

伊三郎は、自分より遥《はる》かに上位の武家女の口に、禁断の快感に悶《もだ》えながら最後の一滴まで出し尽《つ》くしてしまった。

すっかり満足して強《こわ》ばりを解き、グッタリと身を投げ出すと、美也も唇を締め付けたままゆっくり引き抜き、開いた懐紙に口の中のものを吐き出した。

健康な色艶《いろつや》や粘《ねば》り気《け》なども医書に書かれているのだろうか、彼女はつぶさに観察してから懐紙を丸め、顔を上げた。

伊三郎は荒い呼吸を繰り返しながら余韻《よいん》を味わったが、いつまでも動悸《どうき》が治まらなかった。

「では、少し休んでから私と情交して頂きます。姫様が最初の女では、やはり戸惑いも大きく、滞《とどこお》りなく致せぬこともありましょう」

「え……」

なんと情交までさせてくれると言い、伊三郎は驚きながらも、すぐにムクムクと回復してしまった。

そして美也は立ち上がり、くるくると帯を解きはじめたのである。

「どうか、このことはご内密に」

「も、もちろんです……」

美也が言い、彼も頷きながら、横になったまま美女の脱いでゆく様子を眺めた。

着物と襦袢《じゆばん》を脱ぎ、足袋《たび》も腰巻も取り去ると、たちまち彼女は一糸まとわぬ姿になって添い寝してきた。

「さあ、どうかお好きなように……」

「あ、あの、姫様に出来ぬようなことでもお許し願えますか……？」

美也が言い、伊三郎も恐る恐る言ってみた。

「それは、どのような……」

「陰戸《ほと》がどのようなものか見てみたいのです。知らねば交接も困難かと思い」

「わ、分かりました。どのようなことでも、咎めは致しませんので……」

言うと美也も頷いてくれ、伊三郎は嬉々《きき》として身を起こした。

見下ろすと、さすがに羞《は》じらいを含んで彼女は両手で胸を隠していた。

乳房は後回しだ。まず伊三郎は彼女の足の方に移動した。

そして足首を摑んで浮かせ、足裏に顔を寄せた。

「あ、足の裏がそんなに珍しいのですか……」

真っ先にそこへ来たのが意外だったようで、美也が不思議《ふしぎ》そうに言った。

「ええ、女に触れるのは初めてゆえ、隅から隅まで見てみたいのです」

伊三郎は無垢を装って言い、とうとう踵《きびす》から土踏まずに舌を這わせてしまった。

「アア……、なぜ、そのような……」

美也が驚いて喘いだ。

「二人だけの秘密ですので、どうかお許しを。何でも好きにと仰《おつしや》ったので、してみたいことを順々に」

彼は言いながら足裏を舐め回し、縮こまった指の間に鼻を割り込ませて嗅いだ。

そこは汗と脂《あぶら》に生ぬるくジットリ湿り、蒸《む》れた匂いが濃く籠もっていた。やはり来たときから情交を覚悟し、相当に汗ばんでいたのだろう。

充分に匂いを嗅いでから爪先《つまさき》にしゃぶり付き、順々に指の股に舌を潜《もぐ》り込ませて味わった。

「あう……、い、いけません……！」

美也は呻いて言ったが、拒《こば》む力が湧かないほど朦朧《もうろう》となってきたようだ。

伊三郎は、もう片方の足もしゃぶり尽くし、味と匂いを堪能してから彼女の脚の内側を舐め上げ、股間に顔を進めていったのだった。

四

「どうか、もっと股を開いてくださいませ」

「アアッ……」

伊三郎が両膝の間に顔を割り込ませると、美也が熱く喘ぎ、ヒクヒクと白い下腹を波打たせて悶えた。

そして白くムッチリとした内腿を舐め上げていくと、中心部から発する熱気と湿り気が顔中を包み込んできた。伊三郎はとうとう美女の陰戸に鼻先を迫らせ、神秘の部分に目を凝《こ》らした。

黒々とした恥毛がふんわりと茂《しげ》り、肉づきが良く丸みを帯びた割れ目からは興奮に色づいた陰唇がはみ出していた。

そっと指を当てて左右に開くと、そこは指がヌルッと滑《すべ》るほど蜜汁が溢《あふ》れていた。中も綺麗な桃色の柔肉で、ヌメヌメと淫水に潤《うるお》っていた。襞《ひだ》の入り組む膣口が艶《なま》めかしく息づき、尿口も確認でき、光沢あるオサネも包皮を押し上げるように突き立っていた。

「ああ……、もうよろしいでしょう……、早く交接を……」

美也が声を震わせ、彼の熱い視線と息を感じながら言った。

しかし伊三郎は、吸い寄せられるように顔を埋《うず》め込んでしまった。

「あう……、駄目……」

彼女が驚いたように呻いたが、逆に内腿がキュッときつく伊三郎の両頬を挟み付けてきた。

彼はもがく豊満な腰を抱え込んで押さえ、柔らかな茂みに鼻を擦りつけて嗅いだ。

甘ったるい汗の匂いが隅々に生ぬるく籠もり、それにほのかな残尿臭も悩ましく鼻腔を刺激してきた。

伊三郎は何度も嗅いで美女の体臭で胸を満たし、舌を這わせていった。

舌を陰唇の内側に挿し入れ、息づく膣口の襞をクチュクチュと掻《か》き回し、淡《あわ》い酸味のヌメリをすすりながらオサネまで舐め上げていくと、

「アアッ……！　い、いけません、そのような……」

美也がビクッと顔を仰《の》け反《ぞ》らせて喘ぎ、内腿の締め付けを強めてきた。

伊三郎は味と匂いを堪能し、チロチロとオサネを舐めてから、彼女の脚を浮かせ、白く豊満な尻の谷間にも鼻先を迫らせていった。

谷間にひっそり閉じられた蕾《つぼみ》は綺麗な薄桃色で、僅《わず》かに肉を盛り上げて実に艶めかしい形状をしていた。

鼻を埋め込んで嗅ぐと、淡い汗の匂いに混じり、秘《ひ》めやかな微香が馥郁《ふくいく》と籠もっていた。

彼は何度も深呼吸して美女の恥ずかしい匂いで胸を満たし、舌を這わせた。

細かに震える襞を舐め回し、ヌルッと舌先を潜り込ませ、滑らかな粘膜も執拗《しつよう》に味わった。

「く……、駄目……」

美也が、嫌々をしながら息を詰めて呻き、キュッキュッと肛門で舌先を締め付けて

きた。

舌を出し入れさせるように動かすうちにも、鼻先にある陰戸からはトロトロと蜜汁が大洪水になって溢れてきた。

やがて脚を下ろし、伊三郎は舌先でヌメリをすすりながら陰戸に戻ってオサネに吸い付いた。

「も、もう堪忍《かんにん》……、どうか、後生だから入れて……」

美也が声を上ずらせて口走り、今にも気を遣りそうなほどガクガクと腰を跳《は》ね上げてきた。

ようやく伊三郎も舌を引っ込めて身を起こし、股間を進めていった。

すでに体験していることを知られぬように、先端を濡れた陰戸に擦りつけ、わざとぎこちなく膣口を探った。

しかし、そんな必要もないほど、美也は快感に我を失い、ただ荒い呼吸を繰り返しながら挿入を待ちわびているだけだった。

伊三郎は位置を定め、感触を味わいながらゆっくりと挿し入れていった。

熱く濡れた陰戸は、ヌルヌルッと滑らかに一物を呑み込んでゆき、やがて股間を密着させると、彼は脚を伸ばして身を重ねていった。

「ああーッ……！」

美也が身を弓なりに反らせて喘ぎ、キュッときつく締め付けてきた。

伊三郎は温《ぬく》もりに包まれながら、まだ動かず、屈み込んで乳房に迫った。

挿入時の摩擦も心地よく、締まりも良かったが、さっき口に出したばかりなので、少しは我慢することが出来た。

色づいた乳首を含んで舌で転がし、何とも豊かな膨らみに顔中を押しつけて柔らかな感触を味わった。

「アア……」

美也が、我慢できなくなったように、喘ぎながら無意識にズンズンと股間を突き上げはじめた。

伊三郎は左右の乳首を交互に吸って舐め回し、さらに腋《わき》の下にも顔を埋め込んでいった。汗に湿った腋毛に鼻を擦りつけると、何とも甘ったるい体臭が鼻腔を満たし、悩ましく胸に沁み込んでいった。

そして彼もようやく、突き上げに合わせて腰を突き動かしながら、美也の白い首筋を舐め上げ、熱く喘ぐ口に迫った。

鼻を押し当てて嗅ぐと、洩《も》れてくる湿り気ある息は花粉のように甘い刺激を含み、それにうっすらと、唇で乾いた唾液の香りも入り交じって彼の鼻腔を刺激した。

唇を重ね、柔らかな感触を味わいながら舌を挿し入れると、

「ンン……」

美也が熱く鼻を鳴らしてチュッと彼の舌に吸い付き、クチュクチュと激しくからみつけてきた。

次第に伊三郎も絶頂を迫らせ、勢いをつけて律動を開始した。

締まりの良さと肉襞の摩擦が何とも心地よく、動くたびピチャクチャと淫《みだ》らに湿った音が聞こえ、溢れた蜜汁が彼のふぐりまで生温かく濡らしてきた。

「い、いく……、アアーッ……！」

たちまち美也が淫らに唾液の糸を引いて口を離し、激しく顔を仰け反らせながら口走った。そしてガクンガクンと絶頂の痙攣《けいれん》を起こし、本格的に気を遣ってしまったようだった。

「く……！」

伊三郎も、膣内の収縮に巻き込まれ、続いて昇り詰《つ》めて呻いた。

大きな快感に貫《つらぬ》かれながら、熱い大量の精汁をドクンドクンと勢いよく内部にほとばしらせ、深い部分を直撃した。

「ああ……、熱いわ、もっと……！」

噴出を感じた美也が駄目押《だめお》しの快感を得て喘ぎ、飲み込むようにキュッキュッと締め付けてきた。

伊三郎は心ゆくまで快感を味わい、最後の一滴まで出し尽くし、満足しながら動きを弱めていった。完全に力を抜いてのしかかると、下で息づく美女の肌が、彼を乗せたまま忙《せわ》しげに上下した。

「ああ……、こんなの初めて……」

美也も肌の強ばりを解いて、満足げに吐息混じりに言いながら、グッタリと四肢を投げ出していった。

まだ膣内は名残惜《なごりお》しげに収縮を繰り返し、刺激されるたび一物がヒクヒクと過敏《かびん》に反応した。やがて彼は息づく肌に身を預け、湿り気ある甘い息を間近に嗅ぎながら、うっとりと快感の余韻を噛《か》み締めたのだった。

ようやく彼は股間を引き離し、ゴロリと横になった。

すると美也が懸命に身を起こし、懐紙で手早く陰戸を拭い、濡れた一物を拭《ふ》き清めてくれた。

やはり事後の処理は、女の仕事のようだった。

「驚きました……。お上手すぎます……」

呼吸を整えながら、美也は、あらためて彼が無垢だったことを思い出したように言った。

「いえ……、したいことをそのままさせて頂いただけです……」

「もし、姫様と一緒になられても、このようなことを？」

伊三郎が言うと、美也は再び添い寝しながら訊いてきた。

「いけないでしょうか」

「確かに、武士が女の股に顔を入れて舐めるなど、あってはいけないことなのでしょうが、姫様が嫌がらなければ、構わないかと存じます」

美也は、見た目ほど堅物ではなく、理解があるようだった。

まあ、それだけ心地よかったのだろうし、また飛鳥の淫気の強さも承知しているから、相性は良いと判断したのだろう。

やがて伊三郎は身を起こし、ふらつく彼女を支えながら裏の井戸端に行った。

夏の間は行水もするため葦簀《よしず》が立てかけられ、垣根の外を通る人にも見られることはない。

「ああ……、まだ身体が自分のものではないような……」

美也は言い、彼が汲《く》んでやった水で股間を洗い、身体を流した。脂の乗った肌が水を弾き、何とも色っぽく、また伊三郎はムクムクと回復してきてしまった。

「ね、このようにして下さいませ……」

彼は言い、自分は簀《す》の子《こ》に座り込み、目の前に全裸の美也を立たせ、片方の脚を浮かせて井戸のふちに乗せさせ、股を開かせたのだった。

五

「アア……、何をなさる気です……」

「このまま、ゆばりを放って下さい」

美也が、伊三郎の目の前で股を開き、ガクガク膝《ひざ》を震わせて言うと、彼も恐る恐る言った。

「え……？　いま何と……」

彼女が目を丸くして聞き返してきた。

「どうにも、美しい女の方でもゆばりをするのかどうか確かめ、出る様子も見てみたてしまった。

「そ、そのような……、普通に出すに決まっているではありませんか……」

「しかし、見たことがないのですから、どうか」

伊三郎は言い、逃げないよう彼女の腰をしっかりと抱え込み、股に顔を押しつけてしまった。

水に濡れた恥毛の隅々からは、もう濃厚な体臭は消え去ってしまったが、陰戸に舌を這わせると、またすぐにも新たな蜜汁がヌラヌラと湧き出てきた。

彼はヌメリをすすり、オサネにも吸い付いた。

「ああ……、そのように吸ったら、本当に出てしまいます……」

美也が声を震わせて言う。

どうやら徐々に尿意を催《もよお》してきたようで、それに生まれて初めての大きな快楽のあとだから、まだ余韻がくすぶり、真っ当な判断力も薄れて好奇心が勝っているようだった。

舐めていると、内部の柔肉が迫り出すように盛り上がり、白い下腹もヒクヒクと波打ってきた。

「あうう……、で、出る……」

美也が息を詰めて言うなり、味わいと温もりが変化してきた。温かなゆばりが割れ目に満ち、ポタポタと滴《したた》ったかと思うと、たちまちチョロチョロとした一条の流れとなり、彼の口に注がれてきたのである。

「アア……」

出してしまい、美也は大変なことをしてしまったように絶望的な声を洩らした。しかし、いったん放たれた流れは止めようもなく、さらに勢いを増していったのだった。

伊三郎は、美女から出たものを口に受け、夢中で喉に流し込んだ。それは温かく、味も匂いも実に淡いもので、何の抵抗もなく飲み込めるのが嬉《うれ》しかった。

勢いと量が多くなり、口から溢れた分が胸から腹に伝い流れ、回復しはじめた一物を心地よく浸《ひた》してきた。

それでも間もなく勢いが弱まり、流れは治まってしまった。なおも割れ目内部に舌を這わせて余りの雫《しずく》をすすっていると、やがて新たに溢れた淫水が舌の動きをヌラヌラと滑らかにさせ、残尿を洗い流すように淡い酸味が満ちていった。

「も、もう堪忍……」

もう美也も立っていられずに言い、足を下ろすなりクタクタと座り込んできてしまった。

それを抱き留めると、彼女は気を遣ったように朦朧となり、必死に伊三郎にしがみついていた。どうやら二人とも、もう一回しなければ治まらないほど淫気が高まってしまったようだ。

伊三郎は残り香《が》を味わいながら、もう一度互いの身体を洗い流し、身体を拭いて全裸のまま布団へと戻っていった。

「どうか、このように……」

彼は仰向けになると、美也を顔に跨《また》がらせた。しかも女上位の二つ巴《どもえ》で、一物に彼女を屈ませたのだ。

「アア……、また、このようなことを……」

美也は恐る恐る彼の顔に跨がり、身を縮めながらも一物に顔を寄せてきてくれた。

伊三郎は下から豊満な腰を抱えて引き寄せ、濡れた陰戸に舌を這わせた。悩ましい体臭は洗い流されてしまったが、淫水は泉のように後から後から湧き出して彼の舌を濡らした。

「ク……」

美也も上から亀頭を含み、熱い鼻息でふぐりをくすぐりながら吸い付いてくれた。

伊三郎は淡い酸味の蜜汁をすすりながらオサネを舐め回し、美也にしゃぶられて快感を高めていった。

彼女は、最も感じるオサネを刺激されていることだけでなく、やはり男の顔に跨がっていることで相当に興奮を高めているようだった。蜜汁が糸を引いて滴り、彼の目の上では薄桃色の肛門が艶めかしく収縮していた。

「ああ……、もう駄目……」

刺激に堪えきれず、美也が亀頭からスポンと口を引き離して喘ぎ、クネクネと腰をよじらせた。

「じゃ、こちらを向いて下さいませ」

伊三郎も舌を引っ込めて言い、仰向けのまま上にいる彼女を向き直らせた。

「どうか、上から」

言いながら唾液に濡れた一物を突き出すと、

「アア……、上になるなど……」

美也は声を震わせながらも、肉体の方が勝手に動くように彼の股間に跨がり、先端を膣口に受け入れていった。

彼女が腰を沈めると、たちまち屹立した一物がヌルヌルッと肉襞の摩擦を受けながら、滑らかに根元まで呑み込まれた。

「あう……！」

完全に座り込むと、股間を密着させながら美也が呻き、キュッときつく締め付けてきた。

伊三郎も股間に重みと温もりを感じ、熱く濡れた内部でヒクヒクと幹を震わせて快感を嚙み締めながら、両手を伸ばして抱き寄せた。

美也もゆっくりと身を重ね、彼は顔を上げて左右の乳首を交互に吸い、充分に舐め回した。

そして両手を回しながら僅かに膝を立て、ズンズンと小刻《こきざ》みに股間を突き上げはじめた。

「ああッ……！」

美也がさらに淫水を漏《も》らしながら喘ぎ、突き上げに合わせて腰を遣った。

茶臼《ちやうす》（女上位）など、初めての体験なのだろう。

動きはぎこちなかったが、次第に二人の調子が一致して、クチュクチュと湿った摩擦音が聞こえてきた。

伊三郎は彼女の顔を抱き寄せ、下からピッタリと唇を重ねた。

柔らかく密着する感触と、花粉臭の刺激を含んだ息を嗅ぎながら舌を挿し入れ、滑らかな歯並びを舐めると、彼女も舌をからめてきた。

「ンン……」

美也は熱く鼻を鳴らし、夢中で彼の舌に吸い付いた。

「もっと唾を……」

口を合わせながら囁くと、美也も懸命に唾液を分泌《ぶんぴつ》させ、トロトロと口移しに注ぎ込んでくれた。快感と興奮に朦朧となり、普段ならどんなに抵抗のあることも、いまは完全に伊三郎の言いなりだった。

彼は美女の生温かな唾液を受け止め、小泡の滑らかな感触を味わい、うっとりと喉を潤しながら高まっていった。

「顔中にも……」

「アア……、どうか、そのようなことはさせないで……」

さらにせがむと、美也は声を上ずらせながら嫌々をした。しかし伊三郎が彼女の口に顔中を擦りつけると、やがて舌を這わせ、唾液を垂らしながらヌラヌラと舐め回してくれた。

その間も股間の突き上げは続き、次第に美也も絶頂を迫らせてきたようだ。

「ね、オマ××が気持ちいいって言って」

「そ、そんなはしたないこと言えません……」

伊三郎が言うと、美也が驚いたように答え、キュッときつく締め付けてきた。

旗本の女でも、下々の言葉ぐらいは知っていたようだ。

「どうか言ってください」

「い、いや……、でも、オマ××が、気持ちいい……」

か細い声ながら、ついに美也が言い、伊三郎は顔中美女の唾液にまみれながら、甘い匂いの渦《うず》の中でとうとう昇り詰めてしまった。

「く……！」

突き上がる快感に呻き、熱い大量の精汁をドクドクと勢いよく内部にほとばしらせると、

「い、いく……、ああーッ……！」

噴出を感じた途端に美也も気を遣り、激しくガクンガクンと狂《くる》おしい痙攣を開始して、膣内の収縮も最高潮にさせた。伊三郎は溶《と》けてしまいそうな快感の中、心ゆくま

で味わい最後の一滴まで出し尽くした。

徐々に突き上げを弱めていくと、

「アア……」

美也も満足げに声を洩らし、失神したようにグッタリと力を抜き、彼に体重を預けてもたれかかってきた。

まだ収縮する膣内に刺激され、一物が断末魔のようにヒクヒクと震えた。

伊三郎は彼女の重みと温もりを感じ、熱く甘い息を嗅ぎながら、うっとりと快感の余韻を嚙み締めたのだった。

第三章　小町娘は好奇心の匂《にお》い

一

「あ、お出かけでしたか。いま伺おうと思っていたところです」

「そう、新しい仕事なら有難《ありがた》い。じゃ一緒に行こう」

伊三郎が湯屋を出て帰ろうとすると、ちょうど内職している本屋の奉公人である、多喜《たき》と出会った。

彼は、多喜が抱えている大きな風呂敷包みを持ってやり、一緒に歩いた。

多喜は十七で、笑窪《えくぼ》の愛くるしい美少女だった。近在の農家の娘で、住み込みで奉公しているが、看板娘として本屋の評判も良かった。

すると、せっかく多喜と楽しく歩いているというのに、また山場一之進の一行と行き合ってしまったのだった。

伊三郎は、不安と緊張に頬《ほお》を強《こわ》ばらせ、道を避《さ》けて黙礼した。

もちろん一之進たちが、そのまま行き過ぎるわけもない。日頃から退屈し、御家人いじめを生き甲斐《がい》にしているような連中なのである。

「ほう、可愛《かわい》い娘と一緒じゃないか。飲みに行くところだが、娘を貸せ」

一之進が言い、腰巾着《こしぎんちゃく》である他の二人も好色そうな目で多喜を見た。

「いえ、私たちは使いの途中ですので」

伊三郎が言うと、多喜も恐ろしげに彼の後ろに隠れて身を縮《ちぢ》めた。

「そうか、痛い目に遭《あ》いたいのだな。今日は烏《からす》の助っ人もなかろう」

一之進が理不尽に言い、いきなり拳骨《げんこつ》を振り上げてきた。

「うぐ……！」

すると彼が呻《うめ》いて硬直し、いきなりがっくりと膝《ひざ》を突いてしまったのだ。

「き、貴様、何をした。ウッ……！」

他の二人も鯉口《こいぐち》を切って詰《つ》め寄ろうとしたが、たちまち二人とも同じようにうずくまり、昏倒《こんとう》してしまったのである。

（まただ……）

伊三郎は驚きながらも、飛鳥と出会ったとき破落戸《ごろつき》たちが次々に倒れたことを思い出していた。

ふと見ると、地に転がった三人の近くに石が落ちていた。

（石飛礫《つぶて》……？）

伊三郎は思い、周囲を見回したがどこにも人影は無い。見えない位置から飛礫を投げ、昏倒するほど見事に急所に当てられるものなのだろうか。

とにかく、誰か来るといけないので、彼は多喜を促《うなが》し、足早にその場を立ち去っていった。

彼女も怯《おび》えて、ずっと無言で伊三郎についてきた。

家に入ると、ようやく多喜も落ち着いたようにペタリと座り込んだ。普段は玄関で帰るのだが、さすがに今日は恐《こわ》かったし、すぐ帰るとまたあの三人に行き合うのではと心配したのだろう。

だから、彼女が部屋まで上がったのは初めてだった。

「もう大丈夫だよ。帰りは送っていくから」

「はい。でも、どうして三人とも倒れたのでしょうか……」

「何だか分からないけど、罰《ばち》でも当たったのじゃないかな」

伊三郎が言うと、やっと多喜も本来の明るさを取り戻して、愛くるしい笑みを浮かべた。

「じゃ、ご説明しますね」

多喜は言って風呂敷包みを解《ほど》き、バラになった頁を取り出した。今回は、いつにも増して強烈な春画が多かった。

彼女もほんのり頰を紅潮させながら、見るともなしに絵を見ながら頁を揃《そろ》えて二つに分けた。

「今回は二冊分ですので、間違えないようにお願いします」

「うん、分かった」

言われて、伊三郎は二冊分の頁の束と綴《と》じ紐《ひも》を受け取り、部屋の隅に置いた。

「お多喜は、好きな男とか、決まった話はあるのかな？」

「いえ、まだ何も……」

「こうしたことは知っているの？」

伊三郎は、生々しい春画を指して訊《き》いた。

「ええ、手習いの仲間たちと、何かと女同士では際《きわ》どいことも話すんです。一人お嫁に行った子がいて、詳しく聞いたり……」

「そう、前に仕事をした春本にも書かれていたけど、女でも自分でオサネをいじって心地よくなることはあるの？」

さらに訊くと、多喜はモジモジと俯《うつむ》いた。甘ったるい汗の匂《にお》いが濃く漂《ただよ》い、たちまち伊三郎はムクムクと勃起してきてしまった。

「みんな、しているようです……」

「お多喜も？」

「よく、分かりません……」

彼女は、消え入りそうな声で答えた。

どうやら試してみたことはあるが、気を遣《や》るには至らなかったのだろうと思った。

伊三郎はどうにも淫《みだ》らな衝動が抑えられなくなり、思わず多喜を抱きすくめてしまった。

「あん……」

彼女は驚いたように声を洩《も》らし、伊三郎の腕の中で身を強ばらせたが、嫌がったり拒《こば》んだりする様子は見受けられなかった。

以前から多喜は、真面目《まじめ》で優しい伊三郎に好意らしきものを抱いている印象もあったのだ。

「ああ、可愛い……」

彼は言い、髪に口を押し当てた。

甘い香油の匂いに混じり、ほんのり乳臭い匂いが感じられた。さらに襟元《えりもと》からは、甘ったるい汗の匂いも馥郁《ふくいく》と漂ってきた。

そして伊三郎は多喜の顎《あご》に指を掛けて、そっと顔を上向かせた。

彼女もそろそろと顔を上げると、ぷっくりした愛らしい口が僅《わず》かに開き、湿《しめ》り気《け》ある甘酸《あまず》っぱい息の匂いが鼻腔《びこう》を刺激した。

茜の匂いに似ているが、もっと野趣溢《あふ》れる果実臭で、そのかぐわしさに吸い寄せられ、伊三郎はピッタリと唇《くちびる》を重ねていった。

「う……」

多喜が小さく声を洩らし、長い睫《まつ》毛《げ》を伏《ふ》せた。

彼は美少女の唇の、柔《やわ》らかく清らかな感触を味わい、可愛い息の匂いに酔いしれながら舌を挿《さ》し入れていった。

唇の内側のヌメリを舐《な》め、舌先を左右にたどって滑《なめ》らかな歯並びと八重歯《やえば》を探り、引き締まった桃色の歯茎までチロチロと味わった。

ようやく彼女の歯も開かれると、口の中はさらに濃厚に甘酸っぱい芳香が満ち、伊三郎は舌を奥まで侵入させた。

多喜も生温かな唾液に濡《ぬ》れた舌を触れ合わせ、チロチロと動かしてきた。

「ンン……」

執拗《しつよう》にからみつかせると、次第に多喜も熱く鼻を鳴らし、うっとりと身を預けてきた。しっかり抱いていても、今にも倒れそうに力が抜けてきたようだ。

伊三郎は、美少女の唾液と吐息を心ゆくまで味わい、ようやく唇を離した。

また多喜は俯き、震えながら荒い呼吸を繰り返した。

「ね、脱《ぬ》ごう」

彼が言って帯を解こうとすると、多喜は小さく頷《うなず》き、すぐ自分から解きはじめてくれた。

伊三郎も手早く床《とこ》を敷《し》き延《の》べて着物と下帯を脱ぎ去り、先に全裸になって布団《ふとん》に横になった。多喜も背を向け、黙々と脱ぎ、とうとう一糸まとわぬ姿になり、恐る恐る振り返った。

「ここに座って……」

彼は仰向《あおむ》けのまま手を伸ばし、胸を隠している多喜の手を握《にぎ》って引っ張った。

「え……？」

「ここを跨《また》いで座って欲しいんだ」

自分の下腹を指すと、多喜は恐れるように嫌々をした。

「そんな、お武家様に跨がるなんて……」

「武士と言っても内職をもらっている立場だからね、ちゃんとした奉公人のお多喜の方が格上なんだよ。さあ」

強引に引っ張り、足首まで摑《つか》んで跨がせてしまった。

「アアッ……！」

とうとう座り込み、無垢《むく》な陰戸《ほと》が下腹に密着してきた。柔らかな恥毛の感触と、ほのかな湿り気も感じられた。

「脚を伸ばして」

さらに伊三郎は過酷な要求をし、立てた両膝に多喜を寄りかからせ、両足首を摑んで顔まで引っ張り上げたのだ。

「ああ……、駄目《だめ》です、こんなこと……」

多喜は今にも気を失いそうなほど息を震わせ、クネクネともがいた。

それでも、とうとう両足の裏を伊三郎の顔に乗せ、下腹に座り込み、全体重を彼に預けてしまったのだ。

伊三郎は美少女の重みと温もりを腹と顔に感じ、うっとりとなった。彼女が身じろぐたび、密着した陰戸が下腹に擦《す》りつけられた。

やがて彼は多喜が逃げ出さないよう両足首を摑んで押さえ、足裏に舌を這《は》わせはじめた。

柔らかく小さな足裏を舐め、縮こまった指に鼻を押しつけると、汗と脂《あぶら》に湿ってムレムレになった匂いが悩ましく鼻腔を刺激してきた。

伊三郎は美少女の足の匂いを貪《むさぼ》り、爪先《つまさき》にしゃぶり付き、順々に指の股《また》に舌を割り込ませて味わった。

二

「アアッ……！　い、いけません、汚いから……」

多喜は驚いたように声を震わせ、伊三郎の上で腰をくねらせた。

その反応は、武家の暮らしに浸《ひた》りきった美也以上で、やはり武士に足を舐められるのは相当な衝撃だったようだ。

構わず押さえつけ、伊三郎は彼女の両足とも全ての指をしゃぶり、味と匂いが薄れるまで貪ってしまった。

そして手を引っ張り、仰向けの彼の上を前進させた。

「ああ……、何を……」

「顔に跨がって、しゃがんで欲しいんだ」

「そ、そんなこと……」

またもや多喜は尻込みしたが、もちろん彼は強引に引っ張り、とうとう顔に跨がらせ、厠《かわや》に入ったようにしゃがみ込ませてしまった。

「アア……、お、お許しを……」

多喜はガクガクと両膝を震わせ、彼の鼻先に陰戸を迫《せま》らせた。

伊三郎の顔の左右で、脹《ふく》ら脛《はぎ》がムッチリと張《は》り詰め、多喜は股間が触れないよう懸命に両足を踏ん張っていた。

白い内腿《うちもも》も圧倒するように覆《おお》いかぶさり、中心部から発する熱気と湿り気が顔中を包み込んできた。

ぷっくりした丘には若草が楚々《そそ》と煙《けむ》って彼の息に震え、割れ目からはみ出す花びらは綺麗《きれい》な薄桃色をして、僅かに開いて奥の柔肉も覗《のぞ》かせていた。

そっと指を当てて左右に広げると、無垢な膣口が細かな花弁状の襞《ひだ》を入り組ませて息づき、ポツンとした尿口も確認できた。柔肉は清らかな蜜《みつ》に潤《うるお》いはじめ、小粒のオサネも光沢を放って顔を覗かせていた。

あまりに清らかで美味《おい》しそうなので、伊三郎は多喜の腰を引き寄せ、若草の丘に鼻を埋《うず》め込んでいった。

隅々に擦りつけながら嗅《か》ぐと、甘ったるい汗の匂いが生ぬるく籠《こ》もり、ほのかな残尿臭も入り交じっていた。そして滲《にじ》み出している淫水の生臭い成分と、生娘《きむすめ》特有の恥垢の匂いまで混じり、悩ましく鼻腔を掻《か》き回してきた。

「ああ、何ていい匂い……」

「あん……！」

犬のようにクンクンと鼻を鳴らして嗅ぎ、思わず真下から言うと、多喜は激しい羞恥《しゅうち》と畏《おそ》れ多さにビクリと震えて声を洩らした。

美少女の体臭を貪りながら舌を這わせると、陰唇の内側はヌラヌラと潤い、生ぬるく淡《あわ》い酸味の蜜汁が感じられた。

舌先で無垢な膣口の襞をクチュクチュと掻き回し、滑らかな柔肉をたどってオサネまで舐め上げていくと、

「アアッ……！」

多喜が熱く喘《あえ》ぎ、思わずキュッと座り込みそうになってしまった。

やはり後家も生娘も誰も、この小さな突起が最も感じるようだ。

舌先でチロチロとオサネを舐めると、多喜の白い下腹がヒクヒクと波打ち、生ぬるいヌメリの量が増してきた。

「ここ、気持ちいいかい？」

「わ、分かりません。恥ずかしくて……」

真下から訊くと、多喜は両手で顔を覆いながら小さく答えた。

なおも舐めながら溢れる蜜汁をすすり、さらに伊三郎は彼女の白く丸い尻《しり》の真下に潜《もぐ》り込んでいった。

指で谷間を広げると、奥に薄桃色の蕾《つぼみ》がひっそり閉じられていた。

鼻を埋めると顔中に双丘が密着し、淡い汗の匂いに混じって秘《ひ》めやかな微香が胸に沁《し》み込んできた。

可愛い匂いを貪り、伊三郎は舌先で蕾を舐め、細かに震える襞を濡らしてからヌルッと潜り込ませ、滑らかな粘膜まで味わった。

「あう……！」

多喜が呻き、肛門でキュッキュッと彼の舌先を締め付けてきた。もう自分が何をされているかも分からないほど朦朧《もうろう》となっているようだ。

伊三郎は充分に舌を動かしてから、再び陰戸に戻っていった。

新たな淫水をすすり、オサネにも吸い付くと、もう多喜は上体を起こしていられないように激しく身悶《みもだ》えた。

「ど、どうか、もうご勘弁ください……」

多喜が言い、前屈《かが》みになって両手を突いたので、ようやく伊三郎も舌を引っ込め、そのまま彼女を一物の方へと押しやっていった。

大股開きになった真ん中に彼女を腹這わせ、鼻先でヒクヒクと幹を震わせた。

多喜も、喘ぎを抑えるように、初めて目《ま》の当たりにする肉棒に目を凝《こ》らした。

「見るの初めて?」

「ええ……」

多喜が答えると、伊三郎は快感の中心に美少女の無垢で熱い視線と息を感じて興奮を高めた。

「先に、ここ舐めて……」

伊三郎は言い、自ら両脚を浮かせて抱え、多喜の目の前に尻の谷間を晒《さら》した。

「ほんの少しでいいから。私は湯屋で洗ったばかりだから」

「あん……」

自分は匂ったのかと、多喜は羞恥に声を震わせた。

それでも顔を寄せ、チロリと可愛い舌を伸ばし、肛門に触れてくれた。

熱い鼻息がふぐりをくすぐり、舌先がチロチロと肛門を舐め回し、自分がされたように厭《いと》わずヌルッと潜り込ませてきた。

「あう……、気持ちいい……」

伊三郎は無垢な舌を感じながら呻き、肛門でキュッと美少女の舌先を締め付けた。

多喜も内部で舌を蠢《うごめ》かせ、彼は申し訳ないような快感を味わった。

屹立《きつりつ》した一物は、まるで内側から操《あやつ》られるようにヒクヒクと上下した。

そして、もう良いという風に脚を下ろすと、多喜も自然に舌を引き離し、そのままふぐりを舐めてくれた。

二つの睾丸を舌で転がし、袋全体を清らかな唾液にまみれさせると、今度は熱い鼻息が肉棒の裏側をくすぐってきた。

せがむように幹を震わせると、ようやく多喜の舌先が一物の裏側をゆっくり舐め上げてきた。

先端に達すると、多喜は舌先で鈴口を舐め、滲む粘液を拭《ぬぐ》い取ってくれた。そして張り詰めた亀頭をしゃぶり、小さな口を精いっぱい丸く開いてスッポリと呑《の》み込んでいった。

「アア……、気持ちいい……」

伊三郎が快感に喘ぎながら言うと、多喜も舌の動きと吸引を活発にさせてくれた。

やはりされるより、する側に回る方が気も楽なのだろう。

一物は根元まで美少女の温かく濡れた口の中に含まれ、蠢く舌に刺激されて絶頂を迫らせた。

熱い鼻息が恥毛をくすぐり、可憐《かれん》な舌がからみつき、たちまち肉棒全体は清らかな唾液に生温かくまみれた。

たまに軽く歯が当たるが、それも新鮮な刺激だった。

股間を見ると、とびきりの美少女が、笑窪の浮かぶ頬をすぼめて吸い付き、男のものを一心不乱にしゃぶっているのだ。

小刻《こきざ》みに股間を突き上げると、多喜も無意識に顔を上下させ、濡れた口でスポスポと強烈な摩擦《まさつ》を繰り返してくれた。

「も、もういい……、跨いで……」

伊三郎は呻いて言いながら、彼女の手を引っ張った。

多喜もチュパッと軽やかな音を立てて口を離し、導かれるまま彼の股間に跨がってきた。

「入れてごらん。どうしても痛くて無理だったら、止《や》めていいから」

言うと、多喜は素直に股間を進め、自らの唾液に濡れた先端を陰戸に押し当てていった。

「はい……」

位置を定めると、彼女は覚悟を決めたように息を詰めて、ゆっくり腰を沈み込ませてきた。張り詰めた亀頭が潜り込むと、あとは重みとヌメリでヌルヌルッと滑らかに受け入れていった。

「あう……！」

多喜が眉《まゆ》をひそめて呻き、全身を強ばらせた。

それでも、手習いの仲間たちと女同士で色々話し合い、最初は痛いがするたびに良くなることも知っているのだろう。引き返すことなく、彼女は完全に根元まで納めて座り込み、股間を密着させた。

あとは声もなく、真下から短い杭《くい》に貫《つらぬ》かれたように硬直するばかりだった。

伊三郎も、きつい締め付けと熱いほどの温《ぬく》もり、肉襞の摩擦を味わいながら、初めて生娘と交わった感激に浸った。

やがて両手を伸ばして抱き寄せると、多喜もそろそろと身を重ねてきた。

「痛いだろう。大丈夫かい」

「平気です……」

気遣って囁《ささや》くと、多喜が彼の耳元で熱く健気《けなげ》に答えた。

伊三郎は両手で抱きすくめ、顔を潜り込ませるようにして桜色の乳首に吸い付いていった。

コリコリと硬《かた》くなった乳首を舌で転がし、もう片方も味わうと、顔中に柔らかな膨《ふく》らみが密着し、甘ったるい汗の匂いが鼻腔を刺激してきた。

三

「ああ……、吉村様……」

多喜が朦朧となりながら囁き、キュッキュッときつく締め付けてきた。

伊三郎は左右の乳首を交互に含んで舐め回し、さらに腋《わき》の下にも鼻を埋め込んでいった。

可憐な和毛《にこげ》は汗に生ぬるく湿り、興奮に息を震わせて嗅ぐと、胸の奥が溶《と》けてしまいそうに甘ったるい体臭が沁み付いていた。

彼は美少女の汗の匂いを貪り、とうとう我慢しきれずにズンズンと小刻みに股間を突き上げはじめてしまった。

「ああ……」

多喜が喘いだ。さすがにきついが、それでも溢れる蜜汁で次第に動きが滑らかになっていった。

いったん動くと、あまりの快感に止められなくなり、伊三郎は下から抱きすくめながら突き上げを激しくさせていってしまった。

そして首筋を舐め上げ、かぐわしく甘酸っぱい息の洩れる口に鼻を押しつけ、果実臭の息と、唇で乾いた唾液の香りを貪りながら激しく高まっていった。

「唾《つば》を出して……」

囁いたが、多喜は喘ぎすぎてなかなか唾液が出てこないようだった。舌をからめると、ようやく徐々に滴《したた》り、伊三郎は生温かく小泡の多い、清らかな唾液でうっとりと喉《のど》を潤した。

「舐めて……」

言いながら、美少女の口に鼻を擦りつけると、多喜は舌を這わせ、滑らかに彼の鼻の穴を舐め回してくれた。

伊三郎は唾液と吐息の匂いに高まり、さらに顔中まで舐めてもらい、清らかな唾液でヌルヌルにまみれさせてもらった。

「い、いく……！」

たちまち限界が来て、彼は突き上がる大きな快感に口走り、ありったけの熱い精汁をドクンドクンと勢いよく柔肉の奥にほとばしらせてしまった。

「あぁッ……！」

その激しさに多喜が声を洩らし、キュッキュッときつく締め上げてきた。

伊三郎は心地よい摩擦を味わい、最後の一滴まで出し尽くし、すっかり満足しながら動きを弱めていった。

やがて完全に動きを止めると、多喜もすっかり破瓜《はか》の痛みは麻痺《まひ》したように肌の強ばりを解き、いつしかグッタリと彼に体重を預けていた。

たまにキュッと締まる膣内に刺激され、射精直後の一物がピクンと反応して跳《は》ね上がった。

伊三郎は美少女の可愛い息の匂いで鼻腔を満たしながら、うっとりと快感の余韻《よいん》を味わった。そして呼吸を整えると、彼女の股間をそろそろと引き離して横たえ、身を起こして懐紙を手にした。

手早く一物を拭ってから、多喜の股間に顔を迫らせて観察した。

小振りの陰唇が痛々しくめくれ、膣口から逆流する精汁には、うっすらと血の糸が走っていた。

そっと懐紙を押し当てて拭うと、多喜の内腿がピクンと反応した。

「大丈夫かい？」

「ええ……」

「立てるかな」

伊三郎は言って多喜を抱き起こし、全裸のまま裏の井戸端へと行った。

そして水を汲《く》んで互いに股間を洗い流すと、また彼は美也に求めた衝動に駆《か》られてしまった。

彼は簀《す》の子《こ》に仰向けになり、また多喜を顔に跨がらせてしゃがませた。

「ね、ゆばりを出して」

「そ、そんな……」

真下からせがむと、多喜は最初何を言われたか理解できず、どうやら彼が本気と分かるとビクリと身を縮めて声を震わせた。

舌を這わせると、また新たな蜜汁が溢れてきた。

「アア……、どうか、もう……」

「出せば終わるからね」

多喜が感じて腰をくねらせ、伊三郎は答えながら執拗に舐め回し、オサネに吸い付いた。

すると尿意も高まってきたか、しなければ終わらないと思ったか、徐々に柔肉が蠢き、迫り出すように盛り上がってきた。

「あう……、出ちゃいます、本当に……」

彼女が言うなり味と温もりが変わり、チョロチョロと温かな流れが伊三郎の口に注《そそ》がれてきた。

彼は嬉々《きき》として飲み込み、美少女の温もりと匂いで胸を満たした。

か細い流れが一瞬勢いを増し、それですぐに済んでしまったが、伊三郎は一滴もこぼさず、仰向けのまま噎《む》せることもなく飲み干してしまった。

そして残り香《が》を味わいながら舌を這わせて余りの雫《しずく》をすすると、またすぐに新たな淫水が溢れて、淡い酸味のヌメリで舌の動きを滑らかにさせた。

「ああ……」

多喜は声を洩らし、股間を引き離して傍《かたわ》らに突っ伏してしまった。

彼は、もう一度互いの身体《からだ》を洗い流し、放心している多喜を支えながら立たせ、身体を拭いて部屋に戻った。

本当はピンピンに回復してしまったので、もう一回射精したいところだが、初日に二度挿入するのも酷《こく》だろうし、そろそろ日が傾《かたむ》いてきた。あまり遅くなっても書店に怪《あや》しまれるので、伊三郎も我慢して互いに身繕《みづくろ》いをした。

「大丈夫か」

「はい……」

言うと、多喜は襟元と髪を整えて答えた。

それほど後悔している様子もないので安心し、やがて一緒に家を出て書店まで送ってやった。

その帰り、伊三郎は近道をしようと神社の境内《けいだい》を横切ったとき、また一之進たちに行き合ってしまった。

どうやら執念深く、あれから伊三郎を捜《さが》し回っていたようだった。

日が落ち、西空は真《ま》っ赤《か》に染まっていたが、境内の森は薄暗かった。

「貴様……、もう許さんぞ……」

一之進が声を絞《しぼ》り出し、三人が一斉に抜刀した。

どうやら今度は本気で斬りかかるらしい。

「わ、私は何も……」

「黙れ！」

伊三郎が後退しながら言うと、そのとき素早く誰かが迫ってきた。

「だ、誰だ……！」

三人が驚き、伊三郎も風のような人影を見た。

何と全身柿色の衣を着て、覆面をした人物だ。それが闇《やみ》に紛《まぎ》れて跳躍し、キラリと白刃が一閃《いっせん》した。

「うわ……！」

三人が怯《ひる》んで声を震わせ、尻餅《しりもち》を突いた。同時に三人の髷《まげ》が斬られ、ぽとりと落ちたのである。

柿色の人物は音もなく素早く納刀し、チラと伊三郎を見た。覆面から覗く切れ長の目と、僅かな胸の膨らみ。女である。

彼女は目で笑いかけ、たちまち背を向けて走り出すと、跳躍して神社の塀を跳び越え、あっという間に姿をくらましてしまった。

へたり込んだ三人は、失禁でもしそうに怯え、落ちた髷を拾うことも出来ずに震えていた。

元より白刃の斬り合いなどしたこともなく、衆を頼む以外に能のない連中である。

伊三郎は三人をそのままに、小走りに境内を出て、家ではなく沙霧の家へと向かっていった。

燃えていた西空も暗くなり、夕闇の立ち籠める中、彼は訪《とぶら》うた。

「まあ、ようこそ。お目にかかりたいと思っていたところです」

沙霧が出迎えてくれ、彼も悪びれず上がり込んだ。

茜もいて、ちょうど夕餉《ゆうげ》をはじめるところだったらしい。

伊三郎も馳走《ちそう》になるまえに、沙霧に頭を下げた。

「何度となくお助け頂き、有難うございました」

切れ長の眼差《まなざ》しと体型を確認し、伊三郎は確信しながら言った。すると、沙霧も否定しなかったのだ。

「いいえ。茜の指図で、陰《かげ》ながら見守っていたのですよ。母娘で好きになった人を」

「茜の指図……」

「まずは、どうぞお食事を。何もございませんが」

言われて、伊三郎はもう一度頭を下げ、折敷《おしき》を前にした。

そして彼が飯に干物に漬け物、吸物の夕餉を味わって済ませると、あとから母娘も黙々と食事を終えた。

やがて後片付けが終わると、茜はまだ身体が本調子でないようで、すぐ部屋に引っ込んでしまった。

座敷には伊三郎と沙霧の二人きりとなり、彼女が話しはじめてくれた。

四

「私も死んだ夫も、筑波《つくば》にある素破《すっぱ》の里の出でした」

「素破……？　この泰平の世に、まだそのような……」

沙霧の言葉に、伊三郎は目を丸くして答えた。

大名に雇われ、敵地を探り、時に暗殺を行い、陰に暗躍していた忍びの者がいたという話は伊三郎も講談本で読んだことはあるが、すでに関ヶ原《せきはら》から百年。

いまだに脈々と、そうした鍛練《たんれん》を積んでいた衆が存在したのである。

「もう里はありません。老いた頭目が死に、私たち夫婦と茜だけが残り、山を下りて江戸へ出てきたのです」

「……………」

「すでに素破の要らぬ世になり、私と夫のみ最後の修行を積んできましたが、茜は何も鍛錬しておりません」

「そうですか……」

伊三郎は頷き、徐々に諸々の疑問が氷解してゆくのを覚えた。もちろん全てが得心のいくものではなかったが。

破落戸や一之進たちに石飛礫を投げ、ついさっき三人の髻を斬ったのも沙霧だが、急いで帰宅して着替えた彼女は息一つ切らしていなかった。そして秘薬も、素破特有の知識によるものなのかも知れない。

「私と夫は、里で最も優秀でした。その血を掛け合わせた茜は、生まれつき不思議《ふしぎ》な力を持っていたのです。その唾《つば》は傷を速やかに癒《いや》し、先に起こることを言い当てるようになりました」

「先に起こることを……？」

「特に、好いた男のことには敏感で、それで私は伊三郎様の危機を茜から聞き、それとなくお助けしていたのです」

「か、鳥を操るのも……」

「まだ、自分でどういう力か分かりきっていないようですが、念じれば叶《かな》うと申しておりました」

沙霧が言い、伊三郎も不思議な話に小さく嘆息《たんそく》した。

「思い通りに動物を動かしたり、あるいは千里眼のような力もあるのでしょうか。では私が、小普請《こぶしん》奉行の娘との間に婚儀の話が持ち上がっているのも」

「もちろん存じております。でも、最初から茜は伊三郎様と一緒になろうとは微塵《みじん》も思っておりませんし、それは私も同じです」

言われて、伊三郎は胸を打たれた。素破は、やはり陰に生きることをよしとしているのだろうか。

「お武家はお武家同士が一番。まして伊三郎様のご出世に繋《つな》がるのなら、私も茜も嬉《うれ》しゅうございますので、どうかお進めください」

「そんな、私にとって虫の良い話が……。私はなぜ急に恵まれるのです……」

「好きになるのに理屈はありませんでしょう。どうか茜の月の障《さわ》りが済んだら、女にしてやってくださいませ。もし子を生《な》せば、私とともに育てますので」

「私は、何一つ努力してこなかった男ですので……」

「お優しさをお持ちでしょう。それで充分」

沙霧が言い、やがて彼の淫気《いんき》を見透かしたように床を敷き延べ、帯を解きはじめてしまった。

もちろん伊三郎も、沙霧と話しているうちモヤモヤと股間を熱くさせていたので、すぐにも脇差《わきざし》を置いて袴《はかま》と着物を脱ぎはじめた。

やがて二人とも一糸まとわぬ姿になると、沙霧が布団に仰向けになった。

行燈《あんどん》に照らされた艶《なま》めかしい熟《う》れ肌に、伊三郎は吸い寄せられるように添い寝していった。

腋の下に顔を埋めると、目の前で豊かな乳房が震えるように息づいた。

胸も腰も豊満な美女の肉体の、一体どこに跳躍するほどの力が秘められているのだろう。女という衣の下には、過酷な鍛錬に培《つちか》われた強靭《きょうじん》な筋肉が隠されているようだった。

色っぽい腋毛に鼻を擦りつけると、甘ったるい汗の匂いが濃厚に沁み付いていた。

「本当は、素破は戦いの時に全ての匂いを消すものなのですが、今は見破る敵もいませんので、自然のままに……」

彼が執拗に嗅いでいるので、沙霧が言い訳のように言った。

そして伊三郎は、充分に美女の体臭を嗅いでから乳房に移動していった。

色づいた乳首に吸い付き、舌で転がしながら柔らかな膨らみに顔中を押しつけ、弾力を味わった。

「アア……」

沙霧が喘ぎ、伊三郎も左右の乳首を交互に含んで舐め回し、やがて滑らかな肌を舐め下りていった。

うっすらと汗の味がし、やがて彼は臍《へそ》を舐め、豊かな腰から太腿、脚を舐め下りて足裏に達した。踵《きびす》から土踏まずを味わいながら指の股に鼻を割り込ませると、やはり汗と脂に湿り、蒸れた匂いが今までで一番濃く籠もり、悩ましく鼻腔を刺激されて彼は激しく興奮した。

なんといっても、足はどうにも味わわなければ気の済まない魅惑《みわく》的な場所である。

爪先にしゃぶり付き、全ての指の股に舌を潜り込ませ、もう片方の足も味と匂いが薄れるほど貪った。

「ああ……、くすぐったくて、いい気持ち……」

沙霧も顔を仰《の》け反《ぞ》らせて喘ぎ、ヒクヒクと白い下腹を波打たせて悶えた。

伊三郎は脚の内側を舐め上げ、両膝の間に顔を割り込ませていった。

彼女も大股開きになり、蒸れた股間を晒して愛撫《あいぶ》を待った。

ムッチリと張りのある内腿を舐め上げ、陰戸に顔を迫らせると、すでにそこは大量の蜜汁にまみれていた。

柔らかな茂《しげ》みに鼻を埋め込むと、腋の下以上に甘ったるい濃厚な汗の匂いが沁み付き、彼は何度も深呼吸しながら美女の体臭で胸を満たした。

汗の匂いに混じり、ほのかなゆばりの匂いも鼻腔を刺激し、彼も激しく勃起していった。

舌を這わせ、淡い酸味の蜜汁をすすり、息づく膣口からオサネまで舐め上げると、

「アア……、いいわ……」

沙霧が身を弓なりに反らせて喘ぎ、内腿でキュッときつく彼の両頬を挟み付けてきた。伊三郎もオサネに吸い付き、溢れる淫水を味わってから、さらに彼女の腰を浮かせた。

白く豊満な尻の谷間に鼻を埋め込むと、双丘が顔中にピッタリと密着し、薄桃色の蕾《つぼみ》に籠もる秘めやかな微香が悩ましく鼻腔を刺激してきた。

伊三郎は充分に美女の恥ずかしい匂いを嗅いでから、舌先でチロチロとくすぐるように蕾を舐め回した。そして細かな襞《ひだ》を唾液に濡らして、ヌルッと奥まで潜り込ませて滑らかな粘膜も味わった。

「あう……」

沙霧が呻き、味わうようにモグモグと肛門で舌先を締め付けてきた。そして充分に舌を蠢かせてから再び陰戸に戻ると、彼女が伊三郎の下半身を引き寄せた。

彼も陰戸に顔を埋めながら身を反転させてゆき、股間を沙霧の鼻先に突きつけていった。互いの内腿を枕にした二つ巴《どもえ》の体位である。

「ンン……」

沙霧も亀頭にしゃぶり付き、熱く鼻を鳴らして吸い付いてきた。

しばし二人は互いの股間に息を籠もらせ、最も感じる部分を舐め回し、貪るように吸い合った。

一物は根元までスッポリと呑み込まれ、彼女はキュッと口腔を締め付けて吸い、熱い鼻息でふぐりをくすぐりながら舌をからめた。

たちまち肉棒は美女の口の中で温かな唾液にどっぷりと浸り、快感にヒクヒクと震えた。

伊三郎も競い合うようにオサネを吸い、やがて互いに高まっていった。

「お、お願い……」

沙霧が降参したようにスポンと口を引き離して言い、ようやく伊三郎も陰戸から口を離した。

彼女が仰向けになったので、伊三郎が上になることにした。

股を開かせて股間を進め、唾液にまみれた亀頭を濡れた陰戸に押しつけ、位置を定めて押し込んでいった。

たちまち肉棒は、滑らかにヌルヌルッと根元まで吸い込まれてゆき、伊三郎は股間を密着させて脚を伸ばし、熟れ肌に身を重ねていった。

「ああ……」

沙霧もうっとりと喘ぎ、両手を回して抱き留めてくれた。

膣内は熱く濡れ、キュッキュッときつい収縮が一物を包み込んだ。

伊三郎はのしかかり、上から唇を重ねた。

密着する唇の感触を味わい、白粉《おしろい》のような甘い刺激を含んだ息を嗅ぎ、徐々に腰を突き動かしはじめた。

「ク……、ンン……！」

沙霧も熱く呻きながら彼の舌に吸い付き、ズンズンと股間を突き上げてきた。

伊三郎は舌をからめ、生温かな唾液をすすりながら昇り詰めていった。

く注入した。
「い、いく……！」
大きな絶頂の快感に貫かれると唇を離し、彼は熱い大量の精汁をドクドクと勢いよ
「い、いい……、アアーッ……！」
沙霧も噴出を感じた途端に声を上ずらせ、ガクガクと狂《くる》おしく腰を跳ね上げて気を
遣った。
伊三郎は心置きなく最後の一滴まで出し尽くし、甘い息を嗅ぎながら動きを弱めて
いった。そして余韻《よいん》の中で、今日も茜が見ているのではと思って襖《ふすま》を窺《うかが》ったが、彼
女の気配は全く感じられなかった。

五

「では、私は水を浴《あ》びて寝ますので、茜の様子を見てやって下さいませ」
沙霧が言って裏の井戸端へ行ってしまったので、伊三郎は全裸の上に襦袢《じゆばん》だけ羽織《はお》
って、奥にある茜の部屋を覗いてみた。
様子を見ろとは、何らかのご神託をもらえというのではないかと彼は思った。

茜の部屋には、甘ったるい匂いが生ぬるく立ち籠め、彼女は布団に横になって目を閉じていた。

枕元ににじり寄ると、茜はうっすらと目を開いた。

「大丈夫。今宵《こよい》はお宅へ戻るまで何も起こりませんので」

彼女が静かに言う。

母親と情交したことも知っていように、悲哀は感じられず、神秘の笑みを浮かべていた。やはり素破と、神通力を持つ娘は、通常の母娘とは異なる感覚を持っているのだろう。

「そう……、いろいろと有難う」

伊三郎は、彼女の好意に対して礼を言った。

そして、あまりに清らかで可憐な顔を見下ろしているうち、そっと屈み込んで唇を重ねてしまった。

茜も睫毛を伏せて応じ、彼は柔らかく神聖な感触を味わった。

舌を挿し入れて唇を舐め、滑らかな歯並びを探ると、歯が開かれて舌がからみついてきた。

茜の口の中は、今日もかぐわしい果実臭が馥郁と籠もっていた。

伊三郎は、茜の吐息を嗅ぎ、唾液を味わっていると、何やら身の内に妖《あや》しい力が宿ってきたように感じられた。

そして、どうにも我慢できないほどムクムクと勃起してきたのだ。昼間は多喜と濃厚な情交をし、たった今も沙霧と終えたばかりというのに、何やら無尽蔵《むじんぞう》の淫気が湧《わ》き上がってくるようだった。

やがて彼は、充分に舌をからめてから唇を離した。

「ね、陰戸を舐めたい……」

「まだ駄目です。いずれ近々……」

囁くと、茜が小さく答えた。

「そう。では乳を……」

言いながら搔巻《かいまき》をめくると、茜も素直に寝巻の胸元を開き、白く形良い乳房を露《あら》わにしてくれた。

伊三郎は薄桃色の乳首を吸い、舐め回しながら膨らみを顔中で味わった。

もう片方も舌で転がし、乱れた寝巻の中に顔を潜り込ませ、腋の下にも鼻を埋め込んでいった。

和毛に籠もる甘ったるい汗の匂いが、悩ましく胸に沁み込んできた。

伊三郎は美少女の体臭を堪能し、激しく勃起した一物を震わせながら茜に添い寝していった。

「もう一度出したい。唾を飲ませて……」

言うと、茜が上になって顔を寄せ、屹立した一物をやんわりと握ってくれた。

柔らかく、ほんのり汗ばんで生温かな手のひらが肉棒を包み込み、ニギニギと無邪《むじゃ》気《き》に動かしてくれた。

そして彼女は形良い唇をすぼめ、神秘の力を含んだ唾液をトロトロと吐《は》き出してくれたのだ。

伊三郎は舌に受け、生温かな美酒を味わった。

芳香を含んで弾ける小泡が心地よく、うっとりと喉を潤すと、彼女の手の中の強ばりが最大限に増していった。

さらに甘酸っぱい果実臭の息を吐きかけてもらい、胸の奥まで酔いしれると、急激に絶頂が迫ってきた。

「顔中にも唾を……」

高まりながら囁くと、茜も清らかな唾液を彼の鼻筋にトロリと吐き出し、それを舌先で顔中に塗り付けてくれた。

美少女の舌が、鼻の穴から頬、鼻筋から額《ひたい》、瞼《まぶた》から耳にまで妖しく這い回った。

「ああ……」

彼は快感に喘ぎ、可憐な匂いに包まれながら、顔中美少女の唾液にヌラヌラとまみれて幹を震わせた。

「い、いきそう……」

「飲ませて下さい……」

彼が言うと、茜が言って顔を移動させていった。

束ねていない長い黒髪がサラリと伊三郎の股間を覆い、その内部に熱い吐息が籠もった。

まだ精汁と母親の淫水に濡れているだろうに、彼女は厭わず先端にチロチロと舌を這わせ、そのまま幹を舐め下りてふぐりもしゃぶってくれた。

二つの睾丸を舌で転がし、袋全体を充分に生温かな唾液にまみれさせてから、再び肉棒の裏筋を舐め上げ、今度は小さな口を丸く開き、スッポリと喉の奥まで呑み込んでいった。

「く……」

伊三郎は、温かく濡れた美少女の神聖な口に根元まで含まれて呻いた。

茜は深々と頬張り、先端が喉の奥に触れても構わず、上気した頬をすぼめて吸い、幹を口で締め付けて吸った。

そして内部ではクチュクチュと舌が蠢き、たちまち一物は美少女の生温かな唾液にどっぷりと浸り込んで震えた。

快感に乗じ、彼がズンズンと小刻みに股間を突き上げると、茜も合わせて顔を上下させ、清らかな唇でスポスポと強烈な摩擦を繰り返してくれた。

伊三郎は、全身が含まれているような快感に包まれ、そのままとうとう昇り詰めてしまった。

「い、いく……、アアッ……！」

本日何度も射精しているのに、まるで初めてのような大きな快感に貫かれ、彼は喘ぎながら勢いよく射精した。

「ンン……」

熱い噴出を喉の奥に受け止めながら、茜が小さく鼻を鳴らした。

そして彼が全て出し切るまで吸い付き、やがて出し尽《つ》くすと、彼女は亀頭を含んだまま、口に溜《た》まった精汁をゴクリと飲み込んでくれた。

「あう……」

嚥下《えんげ》とともに口腔がキュッと締まり、伊三郎は駄目押しの快感に呻き、茜の口の中でピクンと幹を震わせた。

飲み干した茜はスポンと口を引き離し、なおも幹を握ったまま、鈴口に脹《ふく》らむ余りの雫まで丁寧《ていねい》に舐め取ってくれた。

「ああ……、も、もういい……」

伊三郎は過敏《かびん》に反応して呻き、射精直後の幹をヒクヒクと震わせた。

そして、自分の子種が彼女に吸収され、神秘の力の栄養になってゆくことを嬉しく思った。

茜も全て綺麗にするとようやく舌を引っ込め、再び添い寝してきた。

伊三郎は美少女の胸に抱かれ、甘酸っぱい吐息を嗅ぎながら、うっとりと快楽の余韻に浸り込んだ。

しかし、彼女の唾液の効果か、全く疲労感がなく、このまま無限に射精出来そうな気分になっていた。

「ああ、気持ち良かった……、有難う……」

「私も、精汁を頂けて嬉しいです……」

呼吸を整えながら言うと、茜も小さく答えた。

沙霧は水を浴び終え、もう自分の部屋に入ったようだった。

「生娘でなくなったら、茜の力は弱まるのだろうか……」

「いえ、月のものを迎え、かえって力が強くなったので、これからも弱まることはないと思います」

「そうか……、何かの役に立てないかな……」

「当分は、大火事も地震もありません。間もなく、伊三郎様と飛鳥様の婚儀も整うと思います」

「い、嫌ではないか？　私は、そちらを蹴《け》って茜と一緒になりたいとも思うのだが」

「それはなりません。私は、誰とも一緒には……」

茜が、きっぱりと言った。なぜだか分からないが、とにかく普通の所帯に納まることは考えていないようだ。

と、五つ（午後八時頃）の鐘《かね》の音が遠くから聞こえてきた。

「では、私は帰る」

伊三郎は言って身を起こし、もう一度だけ茜に唇を重ね、神秘の唾液と吐息を吸収した。

そして身繕いをして脇差を帯び、大刀を手に立ち上がった。

「では、おやすみ」

「おやすみなさいませ」

言うと茜が答え、伊三郎はもう沙霧への挨拶《あいさつ》はせず、そのまま家を出た。

外に出ると赤い満月が昇りはじめていた。

火照《ほて》った頬に夜風が心地よく、やがて彼は余韻を嚙み締めながら、ゆっくりと家まで歩いたのだった。

第四章　奔放《ほんぽう》なるお嬢様の淫蜜

一

「うわ、飛鳥様……」

「ふふ、来てしまいました」

伊三郎は、急な飛鳥の訪問を受けて目を丸くした。朝餉《あさげ》を終えて休憩し、内職をはじめていたところだった。

「お一人でいらっしゃったのですか？」

「美也と一緒です。美也には、そこらを回って昼少し前に、ここへ乗り物を寄越すよう言ってきました」

飛鳥が屈託のない笑みで言い、とにかく伊三郎は彼女を部屋に上げた。

「お一人でご不自由なさっているのね。まあ、すごい本がいっぱい」

「あ、それは内職で綴《と》じているだけですので……」

伊三郎は慌《あわ》てて隠そうとしたが、飛鳥は綴じ終えた本を手に、しっかり中を見てしまった。

「まあ、このようなものを舐《な》め合うなんて……、町家では本当に……？」

股間を舐め合っている春画を見つけてしまい、飛鳥は頰《ほお》を紅潮させて言った。

「え、ええ、まあ、普通にするでしょうね……」

「男の方のものは、こんなに大きいの？」

「それは絵ですから、かなり大きめに描かれています。それより、こんなところへ来て大丈夫なのでしょうか……」

「美也が上手くやってくれています。婚儀のことは後回し、後日父と話し合って頂きますので、今日は遊びに伺っただけですわ」

飛鳥が言い、よほど春本が気になるのか、他の頁までめくって熱心に見はじめてしまった。

「ね、伊三郎様もこうしたことをしてみたいと思います？」

「そ、それは男ですからね、思いますよ……」

「誰にも内緒で、してみたいの……、ねえ……」

飛鳥が大胆にもにじり寄って、生娘《きむすめ》のくせに艶《なま》めかしい眼差《まなざ》しで言った。

「こんなふうに、どうか……」

「わ、分かりました。本当に内緒ですよ……」

迫《せま》られて、伊三郎も淫気《いんき》を催《もよお》して答えたが、内緒どころか、どうせ美也は何かあるぐらい承知しているだろう。

とにかく彼は床《とこ》を敷き延《の》べ、帯を解《ほど》いて着物を脱《ぬ》ぎはじめた。すると飛鳥も、ためらいなく、くるくると帯を解いていったのだ。

たちまち二人して一糸まとわぬ姿になったが、やはり大旗本の娘として、幼い頃から誰かに身の回りの世話をされていたせいか、あまり羞恥心《しゅうちしん》が感じられず、彼女は伊三郎に導かれるまま、胸も隠さず仰向《あおむ》けになった。

見下ろすと、さすがに肌は透《す》けるように白く、乳房も実に形良く息づいていた。

乳輪は光沢があるほど張《は》りがあり、乳首も綺麗《きれい》な薄桃色をしていた。そして飛鳥も奔放《ほんぽう》なようでいて、内心では相当に緊張と興奮を高めていたのか、ほんのり汗ばんだ肌からは甘ったるい匂《にお》いが濃く漂《ただよ》っていた。

屈《かが》み込み、チュッと乳首に吸い付いて舌で転がすと、

「アア……」

すぐにも飛鳥は熱く喘《あえ》ぎ、クネクネと身悶《みもだ》えはじめた。

伊三郎も張りのある膨《ふく》らみに顔中を押しつけて弾力を味わい、もう片方の乳首も含んで舐め回した。

「ああ……、くすぐったくて、いい気持ち……」

飛鳥が息を震わせて言い、さらに甘ったるい汗の匂いを揺《ゆ》らめかせた。

彼は両の乳首を交互に味わってから、飛鳥の腕《うで》を差し上げ、和毛《にこげ》の湿《しめ》る腋《わき》の下にも鼻を押しつけていった。

生ぬるく、甘い濃厚な汗の匂いで鼻腔《びこう》を満たし、舌を這《は》わせながら脇腹《わきばら》を這い下りていった。

彼女はくすぐったそうに腰をよじらせ、伊三郎は可憐《かれん》な臍《へそ》を舌先でくすぐり、張り詰《つ》めた下腹から腰、ムッチリした太腿《ふともも》を舐め下りた。

スベスベの肌は体毛も少なく、彼は膝《ひざ》小僧から脛《すね》を舐め下り、とうとう足裏にまで行った。

足首を摑《つか》んで浮かせ、踵《きびす》から土踏まずを舐めると、

「あぁッ……、駄目《だめ》、くすぐったいわ……」

飛鳥が脚を震わせて言ったが、拒《こば》みはしなかった。

指に鼻を割り込ませると、蒸《む》れた匂いが悩ましく鼻腔を刺激してきた。

伊三郎は匂いを貪《むさぼ》り、指の股《また》に舌を挿《さ》し入れて汗と脂《あぶら》の湿り気《け》を味わった。

「あう……」

飛鳥は呻《うめ》き、少しもじっとしていられないように悶え、彼の口の中で舌を挟《はさ》み付けてきた。彼も充分に味わい、もう片方の足も順々に桜色の爪を噛《か》み、全ての指の間を舐め回した。

そして彼女をうつ伏《ぶ》せにさせ、踵から脹《ふく》ら脛《はぎ》を舐め上げ、汗ばんだヒカガミから太腿、尻の丸みをたどっていった。

腰から背中を舐め上げると汗の味がし、肩まで行って髪と耳の裏の匂いを嗅《か》ぎ、うなじから背中を這い下りた。再び尻に戻り、両の親指でグイッと谷間を開き、ひっそり閉じられた薄桃色の可憐な蕾《つぼみ》に鼻を埋《うず》め込むと、秘《ひ》めやかな微香とともに、双丘が顔中に密着してきた。

「く……、どうして、そんなところを舐めるのです……」

ヌルッと舌を潜《もぐ》り込ませて粘膜を味わうと、飛鳥が顔を伏せながら呻き、不思議《ふしぎ》そうに言った。

構わず舌を出し入れさせるように蠢《うごめ》かせ、再び仰向けにさせて脚をくぐり、いよいよ大股開きになった股間に顔を寄せていった。

滑《なめ》らかな内腿を舐め上げながら陰戸《ほと》を観察すると、楚々《そそ》とした若草が丘に茂《しげ》り、清らかな割れ目からは桃色の花びらがはみ出していた。

指を当てて左右に広げると、無垢《むく》な膣口が襞《ひだ》を入り組ませて息づき、ポツンとした尿口と、包皮の下から突き立ったオサネも丸見えになった。

柔肉は、すでにネットリとした清らかな蜜汁に潤《うるお》っていた。

多喜とそれほど違わず、大旗本の娘も町娘も、同じなのだと思った。

「ね、飛鳥様、舐めて、と言って下さい」

股間から言うと、彼女がピクッと内腿を震わせた。

「な、舐めるのですか……、あの絵のように……、ゆばりを放つところですよ……」

「ええ、どうしても舐めたいのです」

「では……、舐めて……」

飛鳥が言い、ようやく羞恥を覚えたようにキュッと膣口が引き締まった。

伊三郎は、吸い寄せられるように顔を埋め込み、柔《やわ》らかな若草に鼻を擦《す》りつけて嗅いだ。

隅々には、腋に似た甘ったるい汗の匂いと、ほのかな残尿臭の刺激が入り交じり、悩ましく鼻腔を搔《か》き回してきた。

柔肉を舐めると、淡《あわ》い酸味のヌメリが舌の動きを滑らかにさせた。

舌先で膣口をクチュクチュと掻き回し、蜜汁を舐め取りながらオサネまで舐め上げていくと、

「アアッ……、いい気持ち……」

飛鳥がビクッと顔を仰《の》け反《ぞ》らせ、声を上ずらせて喘いだ。

伊三郎も舌先でチロチロと弾《はじ》くようにオサネを舐めては、後から後から泉のように溢《あふ》れてくるヌメリをすすった。

そしてオサネを刺激しながら、指先を膣口に這わせて濡らし、浅く潜り込ませて小《こ》刻《きざ》みに内壁を摩擦《まさつ》した。

「ああ……、もっと……」

次第に彼女が夢中になって息を弾ませ、伊三郎も奥まで指を挿し入れて天井を擦った。さすがにきつくて締まりも抜群だが、何しろ潤いが充分なので、指は滑らかに動いた。

「い、いく……！　ああーッ……！」

たちまち飛鳥は気を遣《や》って口走り、ガクガクと腰を跳《は》ね上げ、指を締め付けながら粗相《そそう》したように淫水を漏《も》らした。

よほど自分で慰《なぐさ》めることに慣れ、そのうえ好きな男の愛撫《あいぶ》だから、生娘なのにすぐにも昇り詰めてしまったようだ。

やがて彼女はグッタリと身を投げ出し、しばし荒い呼吸を繰り返しながらヒクヒクと肌を震わせた。伊三郎も舌と指を引き離し、彼女の股間から這い出して添《そ》い寝していった。

喘ぐ口に鼻を押しつけ、湿り気ある甘酸《あまず》っぱい息を嗅いでいるうち伊三郎も激しく興奮を高め、勃起した先端をグイグイと飛鳥の太腿に押しつけた。

そのまま腕枕してもらうと、

「ああ……、気持ち良かったわ……」

飛鳥もうっとりと言いながら、彼の顔を胸に抱きすくめてくれた。

唇《くちびる》を求めるとピッタリと密着させ、舌を挿し入れると彼女もすぐにチロチロとからみつけてきた。

滑らかに蠢く舌を舐め回し、生温かな唾液をすすって果実臭の息に酔いしれながら彼は飛鳥の手を一物に導いた。

彼女も汗ばんで柔らかな手のひらでニギニギと無邪気にいじってくれ、一物は快感にヒクヒクと震えた。

「動いているわ……、見てもいいかしら……」

唇を離し、飛鳥が囁《ささや》いたので、彼も仰向けの受け身体勢になった。

彼女は身を起こし、まだ肉棒を握《にぎ》ったままますぐに顔を移動させず、まずは伊三郎の乳首に吸い付き、熱い息で肌をくすぐりながら舐め回してきた。

二

「ああ……、気持ちいい……、そこを、噛んで下さいませ……」

「噛むの? 痛いでしょうに」

「どうか……」

言うと、飛鳥も白く綺麗な前歯でキュッと乳首を挟んでくれた。

「アア……、もっと強く……」

伊三郎は甘美な刺激に身悶えながらせがむと、彼女もさらに力を込めてくれた。

そして飛鳥は左右の乳首を舌と歯で愛撫し、ようやく彼の股間へと顔を移動させていった。

熱い視線と息を感じ、肉棒がヒクヒクと期待に震えた。

「おかしな形……、これは、精汁ですか……」

飛鳥が近々と見ながら言い、指の腹でヌラヌラと鈴口の粘液を擦った。

「そ、それは精汁ではなく、飛鳥様のように心地よいときに滲《にじ》む汁です……」

「そう……、さっきの絵のように、お口でされたいですか？」

飛鳥が、指で弄《もてあそ》びながら小首を傾《かし》げて訊《き》いてきた。

「ええ……、出来れば、して頂きたいです……」

「いいわ。私もして頂いて、とっても心地よかったのですから」

彼女は答え、伊三郎が大股開きになると、その真ん中に陣取って腹這い、顔を寄せてきた。

そして先に、指先でふぐりをいじった。

「これ、お手玉のようですね……」

飛鳥は言いながら舌を這わせ、チロチロと睾丸を転がし、袋を生温かな唾液にまみれさせてくれた。

「アア……、気持ちいい……」

伊三郎が快感に喘ぐと、さらに彼女は舌先で肉棒の裏側を舐め上げ、先端にも舌を這わせて鈴口の粘液を舐め取ってくれた。

「く……」

伊三郎は呻いた。まさか自分が、二千石の旗本の娘にしゃぶられる日が来るなどとは夢にも思わなかったものだ。

特に不味《まず》くもなかったか、飛鳥は念入りに舌を這わせてから、張りつめた亀頭にしゃぶり付いてきた。パクッと含んで呑み込み、上気した頬をすぼめてチュッと吸い付いた。

温かく濡《ぬ》れた口の中でもクチュクチュと舌が蠢き、伊三郎自身は清らかな唾液にまみれながら快感を高めていった。

飛鳥は深々と呑み込んで、熱い鼻息で恥毛をそよがせ、たまにチラと目を上げて喘《の》ぐ彼の顔を見た。

たまに歯がキュッと当たると、何やら新鮮な快感も得られた。

「あう……、どうか、なるべく歯は触れないように……」

「顎《あご》が疲れたわ。もういいかしら」

言うと、すぐに飛鳥が口を引き離して、再び添い寝してきた。

「ね、こんなに硬《かた》く勃っているのは、情交したい印ですわね？」

「ええ……」

「どうか、してみて……」

飛鳥が、好奇心と期待に目をキラキラさせて囁いた。

もう伊三郎も欲望を止めようがなく、すぐ身を起こして彼女の股を開いた。

飛鳥も神妙に目を閉じ、大股開きになってくれた。陰戸は新たな淫水にまみれ、生娘最後の可憐な収縮を繰り返していた。

伊三郎は股間を進め、美少女の唾液にまみれた先端を陰戸に押し当てていった。ヌメリに合わせて位置を探り、やがて彼は息を詰め、感触を味わうようにゆっくり挿入していった。

たちまち、張りつめた亀頭が潜り込むと、あとはヌルヌルッと滑らかに根元まで吸い込まれていった。

「あう……！」

飛鳥が眉《まゆ》をひそめて呻き、深々と侵入した一物をキュッときつく締め付けてきた。

伊三郎は、二人目の生娘の温もりと感触を嚙み締め、両脚を伸ばして身を重ねていった。

「痛いでしょう。止《よ》しましょうか」

「いいえ、大丈夫です。どうか最後まで……」

気遣って囁くと、飛鳥が健気《けなげ》に答えた。

伊三郎は彼女の肩に腕を回し、肌の前面を密着させた。胸の下では柔らかな乳房が押し潰《つぶ》れて弾み、恥毛も擦れ合った。コリコリする恥骨も感じられ、やがて彼は徐々に腰を突き動かしはじめた。

「アアッ……！」

飛鳥が喘ぎ、下から両手を回して強くしがみついてきた。

最初は様子を探るように小刻みに動いたが、次第に快感にのめり込み、いつしか股間をぶつけるように激しく突き動かしてしまった。

それでも大量の蜜汁が溢れ、律動は実に滑らかで、互いの接点からはピチャクチャと淫《みだ》らに湿った摩擦音が聞こえてきた。

伊三郎は上からピッタリと唇を重ね、舌をからめながら甘酸っぱい息を嗅ぎ、ますます興奮と快感を高めてしまった。

「ンンッ……」

飛鳥も熱く鼻を鳴らし、夢中で彼の舌に吸い付いてきた。

伊三郎は、高貴な美少女の唾液と吐息《といき》を貪り、たちまち大きな絶頂の渦《うず》に巻き込まれてしまった。

「く……！」

突き上がる快感に呻き、彼は熱い大量の精汁をドクンドクンと勢いよく柔肉の奥にほとばしらせた。

「ああ……」

飛鳥も口を離して仰け反り、最大の山を越えたことを無意識に悟《さと》ったように声を洩《も》らした。

伊三郎は快感に酔いしれながら、心置きなく最後の一滴まで出し尽《つ》くし、やがて徐々に動きを弱め、力を抜いて飛鳥にもたれかかっていった。

彼女も破瓜《はか》の痛みは麻痺《まひ》したように四肢を投げ出し、荒い呼吸を繰り返した。

（とうとうしちゃった……）

伊三郎は思い、もう後戻りできない運命を自覚した。

むろん自分の身分を思えば、この上なく幸福なことである。むしろ、自慢する縁者がいないことを残念に思うほどだった。

ただ、所帯を持てば今後とも平田家の庇護《ひご》を受けることになるだろうから、一生飛鳥には頭が上がらなくなるだろう。

まあ、それは伊三郎が上手く飛鳥を思い通りに育てれば良いことだった。

飛鳥も、初めて男と一つになった感慨を噛み締めるように、まだキュッキュッと膣内を収縮させていた。舌鼓《したつづみ》を打たれるような刺激に、一物が内部でヒクヒクと過敏《かびん》に反応した。

伊三郎は体重を預けて彼女の口に鼻を押しつけ、美少女の果実臭の息を胸いっぱいに嗅ぎながら、うっとりと快感の余韻《よいん》を味わった。

そして、あまり乗っていては申し訳ないと思い、呼吸を整えると身を起こし、ゆっくりと股間を引き離していった。

「あう……」

ヌルッと引き抜くと、飛鳥が声を洩らし、ピクッと肌を震わせた。

伊三郎は懐紙で手早く一物を拭《ぬぐ》うと、彼女の股間に顔を潜り込ませていった。

陰唇がめくれ、やはりほんの少量、逆流してくる精汁に破瓜の鮮血が入り交じっていた。

懐紙を当てて優しく拭《ふ》き清めてやり、伊三郎は再び添い寝した。

「痛かったでしょう」

「いいえ、平気です。とっても嬉《うれ》しかった……」

囁くと飛鳥が答え、またもや彼はムクムクと回復してきてしまった。

しかし、もう一度挿入するのは控《ひか》え、彼女の手を取って一物に導き、また揉《も》んでもらった。

「まあ、まだこのように硬く……？」

飛鳥は言いながらニギニギと指を動かしてくれた。

「ええ……、どうにも、続けてしないことには治まらないほどに……」

「そう、でも今日はもう堪忍《かんにん》……。これで我慢して下さいね」

飛鳥が言って、指の動きを活発にさせてきた。

伊三郎は愛撫に身を任せながら唇を重ね、滑らかに蠢く舌を味わい、唾液をすすって甘酸っぱい息の刺激に高まった。

するといきなり飛鳥が身を起こし、顔を股間に移動させ、パクッと亀頭にしゃぶり付いてくれたのだ。

「ああ……」

伊三郎は仰向けの受け身体勢になり、飛鳥に含まれて喘いだ。

精汁と淫水に濡れた一物が、深々と美少女の口に含まれ、舌の洗礼を受けて清らかな唾液にまみれた。無意識にズンズンと股間を突き上げると、飛鳥も懸命に顔を上下させ、濡れた口でスポスポと強烈な摩擦を開始してくれた。

「い、いく……」

飛鳥の口を汚《けが》しても良いのだろうか、という禁断の思いが快感に拍車を掛けた。

たちまち伊三郎は昇り詰め、飛鳥の喉《のど》の奥めがけて勢いよく精汁を噴出させてしまった。

「ク……」

熱いほとばしりを受け、飛鳥が小さく呻いたが、嫌がらずに吸い出してくれた。

「アア……、気持ちいい……」

伊三郎は快感に喘ぎ、とうとう立て続けの精汁を全て出し切った。

飛鳥も亀頭を含んだまま、口に溜《た》まった精汁をコクンと飲み込んでくれ、彼は感激にいつまでも胸を震わせていたのだった。

三

「してしまったのですね……」

迎えに来た美也が、少々嘆息《たんそく》気味に伊三郎に言った。美也の来た乗り物で飛鳥は帰り、美也一人残ったのだ。

そして飛鳥の顔を見た途端、美也はすでに二人が情交してしまったことを見抜いたようだった。

まして座敷に上がると、布団《ふとん》も敷きっぱなしで情交の残り香《が》も感じたのだろう。

もちろん婚儀に向けて動き出しているので、情交することは、飛鳥が嫌がりさえしなければ問題はないのだが、美也が嘆息したので、恐らく伊三郎があれこれ武士らしからぬ行為をしたと思ったのだろう。

「はあ、済《す》みません。飛鳥様の好奇心に押される形で」

「陰戸を舐めたのですね」

「それは、ごく自然な行為ですので」

言うと、また美也は小さく溜息《ためいき》をついた。

確かに、飛鳥の好奇心の強さは美也が一番よく知っているだろうし、飛鳥から求めたことも承知しているはずだ。

しかし、それにも増して伊三郎の淫気が武士の範囲を逸脱《いつだつ》していることが心配なのだろう。

「でも、ご心配なく。飛鳥様を傷つけるようなことは何一つしていませんので」

伊三郎は言いながら、激しく勃起してしまった。

飛鳥を相手に二回射精したというのに、相手が替わるとすぐにも淫気を新たにしてしまうのだ。

茜の唾液から貰《もら》った力もあるだろうが、もともと若い伊三郎自身の淫気が旺盛《おうせい》なのである。

「とにかく、今後とも武士の嗜《たしな》みをお忘れなきように」

「はい。でもそのぶん飛鳥様にできぬ事を、美也様にして頂きたいのですが」

言うと、美也もモヤモヤしたものを感じていたか、拒みはしなかった。

「飛鳥様を大切にして下さるなら、私には何をしても構いません……」

美也も、淫気を湧《わ》き上がらせながら言った。

「では、どうかお脱ぎ下さいませ」

伊三郎は言い、自分も先に帯を解いて着物を脱ぎ去ってしまった。

美也も立ち上がり、期待と興奮に頬を染めながらモジモジと脱ぎはじめた。

先に全裸になった彼は、布団に横になって待った。

やがて美也も足袋《たび》と腰巻まで脱ぎ去り、一糸まとわぬ姿になって向き直った。

そして屹立《きつりつ》した肉棒を見て、屈《かが》み込んできた。

「これが、飛鳥様の初物を散らしてしまったのですね……」

彼女は言い、やんわりと幹を握ってきた。

「血は出ましたか」

「ほんの少しです。すぐ治まりました」

「左様《さよう》ですか……」

美也は肉棒を愛撫しながら答え、顔を寄せて先端に舌を這わせてくれた。

滑らかに蠢く舌で鈴口を舐め回し、亀頭を含み、スッポリと根元まで呑み込んで吸い付いた。

「ああ……」

伊三郎は快感に喘ぎ、美女の口の中で唾液にまみれた一物をヒクヒク震わせた。

付け根を丸く締め付け、熱い息を股間に籠《こ》もらせ、執拗《しつよう》に舌をからみつけた。

「どうか、跨《また》いで……」

彼は手を伸ばして言い、美也の下半身を引き寄せた。彼女も恐る恐る伊三郎の顔に跨がり、女上位の二つ巴《どもえ》で陰戸を迫らせてきた。

下から両手を回し、豊満な腰を抱き寄せると、すでに熟《う》れた果肉は大量の蜜汁にまみれ、膣口が息づき光沢あるオサネが突き立っていた。

伊三郎は潜り込むように、艶《つや》のある茂みに鼻を擦りつけていった。

隅々には、蒸れた汗とゆばりの匂いを含んだ体臭が、生ぬるく濃厚に籠もり、その刺激が悩ましく鼻腔に広がっていった。

やはり生娘と後家では、匂いの成分が異なっていた。

飛鳥も、成長すればいずれこうした熟れた匂いになるのだろうが、その境目がどこにあるのかは不明である。

伊三郎は胸いっぱいに美女の体臭を嗅いでから、濡れた陰戸に舌を這わせた。

淡い酸味の蜜汁をすすり、息づく膣口の襞を掻き回し、突き立ったオサネを舐め回した。

「ンンッ……！」

美也が一物を含んだまま熱く呻き、反射的にチュッと強く亀頭に吸い付いてきた。

熱い鼻息がふぐりをくすぐり、彼の目の前で薄桃色の肛門がキュッキュッと可憐な収縮を繰り返した。

伊三郎は彼女の豊かな尻を抱え、伸び上がるようにして谷間に鼻を埋め込み、蕾に籠もった微香を嗅いだ。そして舌先で細かに震える襞を舐め回し、ヌルッと潜り込ませて粘膜まで味わった。

「ああッ……！」

美也が喘ぎながら口を離し、とうとうゴロリと横になってしまった。

さらに伊三郎は彼女の足首を摑んで引き寄せ、足裏を舐め、指の股の蒸れた匂いを嗅ぎ、爪先《つまさき》にもしゃぶり付いた。

「も、もう堪忍……」

美也が腰をくねらせて言うので、彼も口を離して仰向けになった。

「どうか、上から入れて下さい」

言いながら手を引くと、美也もノロノロと身を起こし、彼の股間に跨がってきた。

先端を陰戸に受け入れ、若い一物を味わうようにゆっくり腰を沈み込ませると、たちまちヌルヌルッと滑らかに根元まで呑み込まれていった。

「アア……、いい気持ち……」

完全に座り込んで股間を密着させると、美也が顔を仰け反らせて目を閉じ、うっとりと喘いだ。

伊三郎も股間に重みを感じ、内部で幹を震わせて温《ぬく》もりと感触を味わいながら、両手を伸ばして抱き寄せた。

美也も身を重ね、彼は顔を上げてたわわに覆《おお》いかぶさる乳房に顔を埋め込んでいった。色づいた乳首に吸い付き、舌で転がして甘ったるい体臭に包まれた。

伊三郎は両の乳首を交互に含んで舐め回し、顔中を膨らみに覆われて、心地よい窒息感に噎《む》せ返った。

さらに美也の腋の下にも顔を埋め込み、色っぽい腋毛に鼻を擦りつけ、濃厚な汗の匂いで胸を満たした。

熟れた体臭の刺激に我慢できなくなり、彼はズンズンと股間を突き上げはじめた。

大量に溢れる蜜汁が動きを滑らかにさせ、クチュクチュと淫らに湿った摩擦音も響いてきた。

「ああ……、どうか、もっと強く、奥まで……」

美也も声を上ずらせて言い、突き上げに合わせて腰を遣ってきた。

やがて顔を上げ、彼が美女の唇を求めると、美也も上からピッタリと唇を重ね、舌をからめてくれた。

滑らかな舌触りと生温かな唾液のヌメリ、甘い花粉臭の息を感じながら、伊三郎はジワジワと絶頂を迫らせていった。

「ね、顔に強く唾《つば》を吐《は》きかけて下さいませ……」

「え……？」

下から言うと、美也がビクリと硬直して聞き返してきた。

「そ、そのようなこと出来ません。飛鳥様の旦那《だんな》様になる方に……」

「まだ婚儀は行なっていないのですから、美也様より遥《はる》かに下の貧乏御家人に過ぎませんので、どうか」

再三せがむと、美也は困ったような表情を浮かべながらも、次第に高まる快楽に乗じ、形良い唇をすぼめてきた。そして白っぽく小泡の多い唾液を溢れさせながら息を吸い込み、ペッと強く吐きかけてきた。

「ああ……、もっと……」

甘い息の匂いとともに、生温かな粘液に鼻筋を濡らされ、伊三郎はうっとりと言いながら突き上げを強めていった。

「アア……、こう？」

美也も激しく高まりながら、さらに強く吐きかけ、彼の顔中を唾液でヌルヌルにしてくれた。

「い、いく……！」

たちまち伊三郎は大きな快感に貫《つらぬ》かれて口走り、ありったけの熱い精汁を勢いよく内部にほとばしらせてしまった。

「あう……、気持ちいいッ……！」

噴出を感じた途端に美也も激しく気を遣り、声を上ずらせながらガクンガクンと狂《くる》おしい痙攣《けいれん》を繰り返した。

伊三郎は収縮する膣内で心ゆくまで快感を味わい、最後の一滴まで出し尽くしていった。

そして満足しながら突き上げを弱めていくと、美也も熟れ肌の硬直を解き、精根尽き果てたようにグッタリと力を抜いてもたれかかってきた。

伊三郎は重みと温もりの中、締まる膣内でヒクヒクと幹を過敏に跳ね上げた。

そして湿り気ある甘い息を間近に嗅ぎながら、うっとりと快感の余韻に浸り込んでいったのだった。

四

「髷《まげ》を斬られた三人は、あれから屋敷を出ていないようです。親に何と言い訳したのかは分かりませんが」

茜が伊三郎に言った。

今日、彼は出来た内職を本屋に持ってゆき、帰りに茜の家に寄ったのだ。

沙霧は外出しているらしく、茜も、もうすっかり体調も戻って普通の暮らしをしているようだ。

しかし巫女《みこ》姿ではなく、清楚《せいそ》な着物に長い髪を束ねているだけだ。

「そう、では当分大人しくしていることでしょう」

「ええ、いずれ災いを起こすようなことがあれば、また分かりますので」

茜が、神秘の色をたたえた眼差しで、じっと伊三郎を見つめながら言った。彼女は千里眼で、何でもお見通しのようだ。

「沙霧さんは、いつ頃帰るのだろう」

「あと一刻（約二時間）ほどは」

言われて、彼は急激に淫気を催してきた。すると茜も、それを見透かしたように床を敷き延べたのだ。

「構いません。今日は何でも……」

帯を解きはじめた茜は、まるで自分が初物を散らす日を予測していたかのように言い、みるみる清らかな肌を露《あら》わにしていった。

伊三郎も激しい興奮に胸を高鳴らせながら、大小を部屋の隅に置いて袴《はかま》と着物を脱ぎはじめた。

やがて全裸になると、彼は美少女の匂いの沁《し》み付いた布団に仰向けになった。

すると茜もたちまち一糸まとわぬ姿になり、立ったまま伊三郎の顔の方に迫ってきたのだ。

そして茜は片方の足を浮かせ、そっと足裏を彼の顔に乗せてきた。

どうやら、伊三郎が望むことを全て読み取り、何でも先に自分からしてくれるようだった。

「ああ……」

伊三郎は快感と感激にうっとりと声を洩らし、鼻や口に感じる美少女の足裏を味わった。舌を這わせながら見上げると、ほっそりした脚がスラリと真上に伸び、無垢な陰戸が見えた。

指の股に鼻を割り込ませると、ろくに外出もしていなかっただろうに、そこは汗と脂に湿って蒸れた匂いが濃く沁み付いていた。

彼は茜の足の匂いを貪ってから爪先にしゃぶり付き、全ての指の間に舌を挿し入れて味わった。

すると茜は、自分から足を交代した。壁に手も突かず、片足を上げていても実に安定感があり、さすがは優秀な素破《すっぱ》二人の娘だと思った。

伊三郎が新鮮な味と匂いを貪り尽くすと、やがて茜は彼の顔に跨がり、ゆっくりしゃがみ込んでくれた。

白く透《す》けるような脹《ふく》ら脛《はぎ》と内腿がムッチリと張り詰め、無垢な陰戸が鼻先に迫ってきた。

ぷっくりした丘には楚々《そそ》とした若草がほんのひとつまみ、薄墨でも刷いたように淡く煙り、割れ目からは薄桃色の花びらがはみ出していた。

そっと指を当てて陰唇を左右に広げると、綺麗な桃色の柔肉がヌメヌメと潤い、生娘の膣口が花弁状に襞を入り組ませて息づいていた。尿口も見え、包皮の下からは光沢あるオサネも顔を覗《のぞ》かせていた。

薬草に混ぜるため、唾液のみならず淫水も出していたと言うから、元々オサネをいじっての快楽も知っており、汁気も多いようだった。

真下から見ているだけでも、茜は彼の視線と息に感じ、今にもトロトロと糸を引いて滴《したた》りそうなほど清らかな蜜汁を溢れさせていた。

伊三郎が腰を抱いて引き寄せると、彼の鼻に柔らかな茂みの丘がキュッと密着してきた。隅々には何とも甘ったるい汗の匂いが濃厚に籠もり、彼はうっとりと鼻腔を満たした。

鼻を擦りつけて嗅ぐと、茂みの下の方には汗の匂いに混じり、ほのかなゆばりの匂いも悩ましく鼻腔を刺激してきた。

伊三郎は美少女の体臭を貪り、舌を這わせていった。

柔らかな陰唇の内側を探ると、そこは生温かく淡い酸味のヌメリが満ち、たちまち舌の蠢きが滑らかになった。

無垢な膣口をクチュクチュ掻き回し、オサネまで舐め上げていくと、

「アア……」

茜が顔を仰け反らせて喘ぎ、白い下腹をヒクヒク波打たせた。

舌先でチロチロとオサネを刺激するごとに、陰戸からはヌラヌラと新たな蜜汁が溢れてきた。

伊三郎は移動して尻の真下に潜り込み、顔中にひんやりした双丘を受け止めながら谷間に閉じられた薄桃色の蕾に鼻を埋め込んだ。

生ぬるい汗の匂いに混じり、秘めやかな微香が馥郁《ふくいく》と籠もり、悩ましく胸に沁み込んできた。

彼は充分に美少女の匂いを嗅いでから舌先で蕾を舐め回し、ヌルッと潜り込ませていった。

「あう……」

茜が小さく呻き、キュッと肛門で舌先を締め付けてきた。

伊三郎は滑らかな粘膜を執拗に味わい、舌を蠢かせた。そして再び陰戸に戻り、新たに溢れた蜜汁をすすった。

「ああ……、出そうです……」

茜が息を弾ませて小さく言った。吸われているうち尿意を催したか、あるいは彼が望んでいることを察したのかも知れない。

伊三郎も身構えるように口を開きながら、なおもオサネを吸って膣口にも舌を這い回らせた。

すると柔肉が丸く迫《せ》り出し、温もりと味わいが変わって、生温かな流れがチョロチョロと控えめに彼の口に注《そそ》がれてきた。

「く……」

彼は受け止めながら呻き、喉に詰めて噎せないよう注意深く飲み込んだ。

温かな流れは味も匂いも実に淡く、心地よく喉を通過していった。茜も心得たように勢いをつけず、ゆるゆると放尿してくれた。

やがて流れが弱まり、完全に治まった。

伊三郎はまだポタポタと滴る雫《しずく》をすすり、舌を這わせて余りの味わいと残り香を貪った。

何やら身の内に力が漲《みなぎ》ってくるような気がした。何しろ唾液や淫水でさえ傷を癒《いや》す力を持っているのだから、さらにゆばりとなると、絶大な神通力を取り入れたような気になった。

「アア……、いい気持ち……」

茜は声を上ずらせて言い、それ以上の刺激を拒むようにビクッと股間を引き離してしまった。

そして彼女は屈み込み、伊三郎の乳首を舐め回し、熱い息で肌をくすぐりながら白い歯でキュッと噛んでくれたのだ。

「あう……、いい……」

彼も甘美な痛みと快感に呻き、激しく勃起しながら身悶えた。

茜は彼の心根を読み取って、ちょうど良い刺激を与えてくれた。左右の乳首を舐め回し、歯で愛撫し、充分に吸い付いてから肌を舐め下りていった。

茜の舌は長く、小刻みに動きながら、肌を縦横に這い回り、まるでナメクジでも通ったような痕《あと》を印しながら股間に向かった。

舌先がチロチロと臍を舐め、下腹から腰に移り、一物には向かわずに太腿を舐め下りていった。

伊三郎も身を投げ出し、美少女の愛撫に全てを委《ゆだ》ねた。

茜は屈み込み、厭《いと》わず彼の足裏を舐め回し、爪先にしゃぶり付いて、順々に指の間に舌を割り込ませてきた。

「ああ……」

彼は申し訳ないような快感に喘ぎ、美少女の口の中で、唾液に濡れた指先で舌を挟み付けた。

まるで生温かな泥濘《ぬかるみ》でも踏んでいるような心地だ。

茜は両足とも念入りにしゃぶってから腹這い、彼の脚の内側を舐め上げてきた。

彼も期待に幹を震わせながら大股開きになると、顔を進めた茜が内腿を舐め、時に大きく口を開いて、キュッと噛んで肉をくわえ込んでくれた。

「く……、もっと強く……」

伊三郎は妖《あや》しい美少女に食べられているような快感に呻き、甘美な刺激に息を弾ませた。

そして、とうとう茜の長い舌が股間に達してきた。

先に彼女は伊三郎の両脚を浮かせ、尻の谷間に舌を這わせてくれた。

熱い鼻息でふぐりをくすぐり、舌先でチロチロと肛門を舐め回し、充分に濡らしてから、ヌルッと深く潜り込ませてきたのだった。

五

「あう……、気持ちいい……」

伊三郎は呻き、味わうようにモグモグと茜の舌先を肛門で締め付けた。

彼女も内部で執拗に舌を蠢かせ、屹立した一物は内側から刺激されてヒクヒクと上下した。

やがて茜も充分に愛撫してから舌を引き抜き、彼の脚を下ろしながらふぐりにしゃぶり付いてきた。

袋全体を念入りに舐め回して生温かな唾液にまみれさせてから、二つの睾丸を舌で転がし、ときに優しく吸い付いた。

そしていよいよ肉棒の裏側を舐め上げ、鈴口から滲む粘液を舐め取ってから、張りつめた亀頭をしゃぶり、スッポリと喉の奥まで呑み込んできた。

生娘で、初めて一物を見ただろうに、あまりに扱いに慣れているのは、彼の願望を読み取っているからなのだろう。

「ああ……」

伊三郎は、深々と呑み込まれて激しい快感に喘いだ。

先端が喉の奥の肉にヌルッと触れても、茜は苦しげな様子もなく、付け根を丸く口で締め付けて吸った。

たっぷりと溢れさせた唾液で生温かく肉棒を浸《ひた》し、熱い鼻息で恥毛をくすぐりながら、内部で舌をからみつけてくれた。

一物は美少女の清らかな唾液にまみれながら、ヒクヒクと快感に震えた。

茜も上気した頬をすぼめて吸い、顔全体を小刻みに上下させ、クチュクチュと滑らかに摩擦してくれた。

「も、もう……」

伊三郎が限界を迫らせて言い、クネクネと腰をよじると、やがて茜もスポンと口を引き離してきた。

もう心が通じているから、茜は確認することもなく身を起こし、そのまま彼の股間に跨がった。そして唾液に濡れた先端に、陰戸を押し当ててきた。

位置を定めると、茜はとうに心の準備も整っているのか、すぐにも腰を沈み込ませてきたのだ。

張りつめた亀頭がヌルッと潜り込むと、あとはヌメリと重みに任せ、一気にヌルヌルッと根元まで受け入れていった。

「アアッ……！」

茜が顔を仰け反らせて喘ぎ、キュッときつく締め付けてきた。

伊三郎も股間に重みと温もりを感じ、挿入時の心地よい肉襞の摩擦を嚙み締めた。

両手を伸ばすと、茜もゆっくり身を重ねてきた。

「痛いだろう。動かなくていいよ」

「いいえ、伊三郎様が気持ち良ければ、私も同じですので……」

囁くと茜が答え、息づくような収縮を繰り返した。

彼は顔を上げ、綺麗な薄桃色の乳首に吸い付き、舌で転がした。顔中を膨らみに押しつけると、柔らかな弾力が感じられ、甘ったるい汗の匂いも心地よく鼻腔を刺激してきた。

もう片方も含んで舐め回し、伊三郎は徐々に股間を突き上げはじめた。

「く……」

茜が小さく呻き、それでも合わせて腰を遣いはじめてくれた。溢れる蜜汁が充分すぎるので動きは滑らかになり、何とも心地よい摩擦が一物を包み込んだ。

伊三郎は両の乳首を充分に味わい、彼女の腋の下にも鼻を埋め込み、生ぬるく湿った和毛に籠もった甘ったるい汗の匂いを胸一杯に嗅いだ。

とうとう三人もの生娘を征服してしまったのだ。町娘に旗本の娘、そして神通力を秘めた神秘の美少女である。

彼は茜に両手を回しながら徐々に突き上げに勢いをつけ、白い首筋を舐め上げ、熱く喘ぐ唇に迫っていった。

形良い唇が半開きになり、白く滑らかな歯並びが覗いて、その間からは熱く湿り気ある、甘酸っぱい息が洩れていた。

鼻を押しつけて嗅ぐと、かぐわしい口の匂いに混じり、唇で乾いた唾液の香りも感じられ、その刺激が悩ましく鼻腔に沁み込んできた。

そして唇を重ね、舌を挿し入れて歯並びや歯茎を舐めた。

すると茜もネットリと舌をからめ、滑らかに蠢かせてくれた。

彼が望んでいるのが分かるのか、茜は懸命に唾液を分泌させてはトロトロと口移しに注ぎ込んだ。

伊三郎も、生温かく小泡の多い唾液を味わい、うっとりと飲み込んで喉を潤した。

彼は美少女の唾液と吐息を心ゆくまで吸収し、激しく高まっていった。

そして唾液を顔中に、と言おうとする前に茜が愛らしい唇をすぼめ、クチュッと彼の鼻筋に唾液の固まりを垂《た》らし、それを滑らかな舌でヌラヌラと顔中に塗《ぬ》り付けてくれた。

「ああ……」

伊三郎は、果実臭に噎せ返りながら喘いだ。

茜も熱い息を弾ませながら、チロチロと彼の鼻の穴を舐め、頬や瞼《まぶた》、額《ひたい》にも舌を這わせてきた。

さらに耳たぶをキュッと噛み、耳の穴にも舌を挿し入れて蠢かせた。

クチュクチュと湿った音が頭の中に響き、伊三郎は突き上げを強めてゆき、心地よい摩擦に絶頂を迫らせた。

果てるときは美少女の吐息だけを吸っていたいと思うと、茜の方から開いた口を押しつけてくれた。

下の歯並びを彼の鼻の下に引っかけてくれ、まるで上も下も彼女に挿入したような形になった。

「い、いく……！」

甘酸っぱい芳香で鼻腔を刺激されると、たちまち彼は大きな絶頂の快感に全身を包み込まれ、口走りながら昇り詰めてしまった。

同時に、ありったけの熱い精汁がドクンドクンと勢いよく柔肉の奥にほとばしり、深い部分を直撃した。

「き、気持ちいいッ……、アアーッ……！」

噴出を感じた途端に茜も声を上ずらせて喘ぎ、ガクガクと狂おしい痙攣を開始して膣内の収縮も最高潮にさせた。

初回から気を遣るとは、やはり茜は彼の絶頂快感を読み取り、それを自分のものにしているのだろう。それが破瓜の痛みを和らげ、自身が本来持っていた快楽も呼び起こしたのかも知れない。

あるいは二人分の絶頂を感じているのかも知れず、これが男だったら気を失っているのではないだろうか。

とにかく茜は乱れに乱れ、一物を締め付けながら悶え続けた。

伊三郎は、締まりの良い膣内の摩擦と収縮の中、心置きなく最後の一滴まで出し尽くした。

徐々に突き上げを弱め、力を抜いていくと、

「ああ……、伊三郎様……」

茜も荒い呼吸で囁き、徐々に肌の強《こわ》ばりを解いて、グッタリと体重を預けてきた。

まだ膣内の収縮はキュッキュッと艶めかしく続き、刺激された一物が過敏にヒクヒクと跳ね上がった。

伊三郎は美少女の重みと温もりを受け止め、果実臭の息を嗅ぎながら、うっとりと快感の余韻に浸り込んでいった。

「こんなに気持ち良いなんて……」

茜が喘ぎながら言う。今まで自分で慰め、この日に対する期待と好奇心も相当に大きかったのだろう。

やがて二人とも呼吸を整えると、茜がそろそろと股間を引き離して懐紙に手を伸ばした。

「いいよ、してあげる」

伊三郎は言って身を起こし、懐紙を受け取って彼女を横たえた。

そして一物を手早く拭ってから、茜の股を開かせ、顔を割り込ませていった。

見ると陰唇が痛々しくめくれ、やはりうっすらと血が滲んでいた。生娘のくせに、快楽に任せて激しく動いたのだから無理もない。

伊三郎は懐紙を押し当てて優しく拭ってやり、処理を終えると再び添い寝した。

「母が戻るまで、あと四半刻（約三十分）……」

「そう……」

茜が言い、伊三郎も頷いた。一人前の女になり、さらに神通力が研《と》ぎ澄《す》まされてきたようだ。

「あの三人が意趣返しに来るのが、三日後です」

「そうか……、逆恨《さかうら》みも良いところなのだが……」

「もちろん伊三郎様にお怪我《けが》はありませんので」

茜が言い、甘えるように肌を密着させてきた。

伊三郎も、彼女の甘い髪の匂いを嗅ぎながら、またムクムクと回復しそうになったが、もう一回しているうちに沙霧が帰ってきてしまうだろう。

我慢をし、彼は身を起こして身繕《みづくろ》いをした。やはり今日は、沙霧と顔を合わせるのは決まりが悪かった。

「では」

伊三郎は茜に言い、家を出た。

鼻腔に残る美少女の残り香を味わって歩いたが、帰りに湯屋へ寄った。顔や身体《からだ》に残る茜の体液を洗い流すのは勿体《もったい》ないが仕方がない。

そして彼は、身の内に湧き上がる活気を感じながら帰宅したのだった。

第五章　美しき女武芸者の欲望

一

「御免《ごめん》。吉村伊三郎殿のお宅はこちらか」

昼過ぎ、内職をしていた伊三郎を訪ねてきた女があった。

女と言っても、長身の男装で二本差し。長い髪を束ねて前髪も涼《すず》やかな女丈夫ではないか。

「はい、私ですが」

「私は剣術道場、佐久間頼母《さくまたのも》の娘、朱美《あけみ》。門弟、山場一之進たちのことで少々お話が」

言われて、これが噂《うわさ》に聞く鬼小町《おにこまち》かと伊三郎は思い当たった。
二十二、三歳で師範代となり、旗本の門弟たちが誰も歯が立たぬという剣術自慢の女である。

確かに逞《たくま》しい体つきだが、顔立ちは実に整い、鼻筋の通った美形だった。

「はあ、どうぞお上がりください」

言うと朱美は大刀を右手に、上がり込んできた。

座敷に通し、相対して座ると、彼女は正面から値踏みするように伊三郎を見つめてきた。

眉《まゆ》は濃いが上品な顔立ちで、切れ長の目も鋭《するど》いが、武士の矜持《きょうじ》と剣術の自信に溢《あふ》れている印象だ。

それが、恐らく一之進たちから伊三郎のことを聞き、どんな悪人かと来てみたら、意外なほど小柄で大人しそうな男なので戸惑っているようでもある。

その朱美がようやく視線を逸《そ》らし、部屋の隅にある春画に目を遣《や》った。

「あ、お目汚し失礼。これは内職ですので」

「いえ、御家人の困窮《こんきゅう》は聞いております。門弟の中にも束脩《そくしゅう》が不足して辞めてゆくものも少なくなく……」

「お話というのは」

促《うなが》すと、朱美は再び向き直った。

「熱心に稽古《けいこ》に来ていた一之進たち三名、とんと顔を見せなくなったので心配して見舞いました」

朱美が話しはじめた。

「会いたくないと言われましたが、ますます心配になり、何とか面会すると部屋の中でも頭巾《ずきん》のまま。問い質すと、髷《まげ》を斬られたと打ち明けました」

「そうですか」

「どんな折で誰に斬られたのかと聞くと、いつも一緒にいる三人は、伊三郎殿と諍《いさか》いの最中、何者かが現れたと話しました」

朱美が言う。

どうやら一之進たちは、剣術の強い彼女に頭が上がらず、詰問されるままに話したのだろう。そして朱美もまた血の気《け》が多く、門弟の意趣返しという心づもりもあったようだった。

「聞き出したのはそこまでです。で、諍いというのは？」

朱美が訊《き》いてきた。

「我々御家人は、年中彼らに虐《いじ》められているのですよ。退屈しのぎに殴《なぐ》る蹴《け》るは日常茶飯事。諍いなどとんでもなく、一方的なものです」

言うと、朱美も濃い眉をひそめた。

当然ながら、そうした噂も耳にしていたのだろう。

それに一之進たちも、強い朱美の前では猫を被っているが、昼間から酒を飲み、あちこちで悶着《もんちゃく》を起こしていることも聞き知っているようだった。

「では、通りがかった誰かが、おぬしを助け、旗本連中の髷を斬って懲《こ》らしめたのだということですね」

「そうだと思います」

「知り合いですか」

「いえ、皆目見当が付きません。その者は覆面をしていましたので」

「ああ、確かに。一之進たちもそのように申しておりました。して心当たりは」

「旗本に対抗するのは、あるいは町奴《まちやっこ》の中の手練《てだ》れではないかと」

「ふうむ、それほどの遣い手がいるものだろうか……」

朱美は、男のように腕《うで》を組んで言った。

「とにかくご覧の通り、私は貧乏御家人で内職に明け暮れております。私を助けるような物好きは知り合いにおりません」

「左様《さよう》ですか。分かりました」

言うと、朱美もようやく納得したように頷《うなず》いた。

そして再び、彼女は春画の方に目を遣った。

「失礼、市井《しせい》の人たちはこのような行為をするものでしょうか……」

さっきから気になっていたようで、朱美はとうとう春画を手に取ってしまった。

汚《けが》らわしく思ってもいないようで、そのてんは好感が持てた。あるいは内心では、好奇心が一杯なのかも知れない。

朱美が手に取った春画は、やはり男女が互いの局所を舐《な》め合っている強烈なものだった。

「そ、それはすると思いますよ。立派な師範代を前に失礼ですが、実際、私はまだ経験がありませんけれど、そうした行為は憧《あこが》れがあります」

「なに……、武士が、ゆばりを放つ女の股《また》を舐めるなどということに抵抗を持たれぬのか」

「汚くはないでしょう。子を産む聖なる場所と存じますので」

「ううむ……」

また朱美は、腕を組んで唸《うな》ってしまった。

「失礼ながら、朱美様はまだお一人でいらっしゃいますか」

「むろん、剣一筋に生きるつもりです。もっとも私より強い男に出会えば、嫁《とつ》ぐことも考えないではない」

朱美は勢い込むように答えた。

そして急に目の色を和らげ、今度は懇願するように口を開いた。

「こうして会ったのも何かの縁。男のものを、見せて頂けまいか」

「え……？」

伊三郎は、驚いて思わず聞き返した。

それまで、心持ちでは伊三郎の方が経験豊富なだけ優位に立っていたが、いきなり逆転し、今度は彼が戸惑う番だった。

なるほど、肉体も頑丈で二十歳《はたち》すぎれば淫気《いんき》も湧《わ》き、好奇心も旺盛《おうせい》だろう。

しかし彼女の立場では、婚儀とは縁のない男に、みだりに好奇心をぶつけるわけにはいかない。

そのてん伊三郎は取るに足らぬ貧乏御家人で、そのくせ、やけにこざっぱりして小《こ》綺麗《ぎれい》な印象もあるから、急に淫気を覚えたのではないだろうか。

それに朱美は、強そうな男には対抗意識を燃やすのだろうが、最初から弱いと分かりきっている男は愛《め》でようという気持ちが湧くのかも知れない。

いや、これはもしかすると茜に貰《もら》った力が効いているのかも知れない。

「男に執着《しゅうちゃく》はないが、その身体《からだ》がどのようなものか関心がある」

「わ、私のようなものでよろしければ、どうか何でもお命じくださいませ。言う通りに致します。先ほど湯屋から戻ったばかりで綺麗にしておりますので」

言うと、朱美も爛々《らんらん》と目を輝かせはじめた。

「一人暮らしで、ここへは誰も来ぬか」

「はい」

「ならば脱《ぬ》いでもらいたい」

「承知しました」

伊三郎は頷いて立ち上がると、手早く床《とこ》を敷《し》き延《の》べてから帯を解《ほど》き、着物を脱ぎ去っていった。

「あ、あの、私一人では恥ずかしゅうございます。私もまた無垢《むく》ゆえ、女の人の身体を見てみたいのですが」

無垢を装《よそお》い下帯を解きながら言うと、朱美は驚いて目を見開いた。

「なに、私にも脱げと?」

「はい。他の女には頼めませんが、剣の達人である朱美様なら、少々のことには動じぬ精神力もおありかと」

「む……、良いだろう。こちらも無理な願いをきいてもらうゆえ」

一瞬ためらった朱美だが、やはり精神力という自尊心をくすぐられてその気になったか、立ち上がるとなると行動は早かった。大小を置いて袴《はかま》を脱ぎ去り、帯を解いて着物を脱いでいった。

稽古のあとで来たのか、たちまち室内には甘ったるい汗の匂《にお》いが悩ましく立ち籠《こ》め、彼女は一糸まとわぬ姿になるまでためらいがなかった。

伊三郎も下帯を解いて全裸になり、先に布団《ふとん》に仰向《あおむ》けになった。

すると朱美は胸を隠しもせず、傍《かたわ》らに座るなり真っ先に彼の股間に熱い視線を注《そそ》いできた。

「これが、男のものか……」

彼女は言い、恐る恐る手を伸ばし、屹立《きつりつ》している肉棒をやんわり握《にぎ》ってきた。

「温かい……。しかし、このように硬《かた》く勃っているというのは、情交したい証《あか》しであろう。私に淫気を？」

「そ、それは美しい女の方に見られ、触れられれば誰でも勃ちます」

「皆に怖がられている私が美しい？　それは見る目がなさ過ぎる」

朱美は言ったが、世辞でないことは勃起した一物が証明していた。

彼女はニギニギと幹や亀頭に触れ、ふぐりにも指を這《は》わせて睾丸を確認した。

「これが金的か。強くするとたいそう痛いものだろう」

「はい、どうかそこだけは優しく……」

伊三郎が言うと、彼女は袋をそっとつまんで肛門の方まで覗《のぞ》き込むと、再び肉棒に指を戻していった。

二

「ああ……」

「心地よいのか」

「はい……、漏《も》れてしまいそうです……」

「なに、漏れるとは精汁のことか。ならば構わぬ、出るところを見たい」

伊三郎が喘《あえ》いで悶《もだ》えると、朱美も彼を大股開きにして腹這い、顔を寄せて本格的にいじりはじめた。

「なるほど、このような形のものが陰戸《ほと》に入るのか。少しずつ濡《ぬ》れてきた……」

指を這わせながら言い、伊三郎はその刺激と、熱い視線と吐息《といき》に激しく高まってしまった。

するとさらに、朱美が驚くべき行動に出たのだった。

何と顔を寄せるなり舌を伸ばし、チロリと先端を舐め、鈴口から滲《にじ》む粘液を味見してきたのである。

「あう……」

伊三郎が思わず呻《うめ》くと、朱美は彼の反応に満足したように、さらにヌラヌラと舌を這わせ、張《は》りつめた亀頭にもしゃぶり付いてきたのだ。

そのままスッポリと喉《のど》の奥まで呑《の》み込み、熱い鼻息で恥毛をそよがせ、口の中をキュッと締め付けて吸いながらクチュクチュと舌を蠢《うごめ》かせてきた。

「アア……、出てしまいます……」

伊三郎は警告を発しながらも、無意識にズンズンと股間を突き上げてしまった。

すると朱美も顔を小刻《こきざ》みに上下させ、唾液に濡れた口で強烈な摩擦《まさつ》を開始してくれたのだ。

束ねた長い髪が肩から流れ、それも心地よく内腿《うちもも》をくすぐった。

「い、いけません……、ああーッ……！」

たちまち彼は昇り詰《つ》めてしまい、快感の中で勢いよく精汁をほとばしらせ、朱美の喉の奥を直撃してしまった。

「ク……」

噴出を受け止めながら朱美が小さく呻き、そのまま飲み込んでくれた。

「ああ……、朱美様……」

喉がゴクリと鳴るたび口腔がキュッと締まり、伊三郎は駄目押《だめお》しの快感に腰をよじらせて喘いだ。

たちまち最後の一滴まで吸い出され、彼はグッタリと四肢を投げ出した。

全て飲み干し、もう出ないと分かると朱美は吸い付いたままスポンと口を引き離して、なおも幹を握ってしごき、鈴口に脹《ふく》らむ余りの雫《しずく》までペロペロと丁寧《ていねい》に舐め取ってくれた。

「あうう……、どうか、もう……」

降参するように身悶えると、ようやく朱美も舌を引っ込めて顔を上げた。

「これが人の子種か。精が付きそうな気がする」

彼女はヌラリと舌なめずりして言い、添《そ》い寝してきた。

甘えるように腕枕してもらうと、朱美も優しく抱きすくめてくれた。

「心地よかったか」

「はい、溶《と》けてしまいそうなほど……」

「今度は、私にしてくれるか」

朱美が言い、彼の口にコリコリと硬くなった乳首を押しつけてきた。

伊三郎もチュッと吸い付き、舌で転がしながら乳房に顔を埋《うず》め込んだ。

膨《ふく》らみは、それほど豊かではないが張りがあり、乳首と乳輪もさすがに初々《ういうい》しい薄桃色をしていた。

「アア……、いい気持ち……」

朱美が仰向けになって喘ぎ、伊三郎ものしかかりながら、もう片方の乳首も舐め回し、充分に吸った。

肩や二の腕の筋肉が発達し、腹も段々になるほど筋肉が浮かび上がっていた。

まさに鍛《きた》えられた武芸者の肉体で、素破《すっぱ》である沙霧のように女の丸みで力を隠すことは出来ないようだった。

両の乳首を愛撫《あいぶ》する間にも朱美の呼吸は熱く弾《はず》み、さらに彼は腋《わき》の下にも顔を埋め込んでいった。

腋毛に鼻を擦《す》りつけると、そこは生温かく湿《しめ》って甘ったるい匂いが濃厚に籠《こ》もっていた。伊三郎は女武芸者の体臭でうっとりと胸を満たし、引き締まった肌を舐め下りていった。

腹の真ん中の段々を舐めると、汗の味がした。

臍《へそ》を舌先で探り、張りのある下腹から腰、太腿へ降りていった。

太腿も、荒縄でもよじり合わせたように筋肉が発達し、脛《すね》の体毛も濃くて野趣溢《あふ》れる魅力があった。

やがて大きな足裏にも舌を這わせると、さすがに年中道場の床を踏みしめているだけあり、踵《きびす》は硬く、五指もしっかりして逞しかった。

指の間に鼻を押しつけて嗅ぐと、そこは汗と脂《あぶら》に湿ってムレムレの匂いが濃く沁《し》み付いていた。

爪先《つまさき》をしゃぶり、順々に指の股に舌を割り込ませると、

「あう……、汚いだろうに、なぜ……」

朱美は言って指先を縮《ちぢ》めたが、拒《こば》みはしなかった。

「女の方の、隅々まで味と匂いを知りたいのです」

伊三郎は言い、もう片方の足も存分にしゃぶり、やがて長い脚の内側を舐め上げ、股間に向かっていった。

「アア……」

さすがに興奮と羞恥《しゅうち》に声を洩《も》らし、それでも朱美は立てた両膝《ひざ》を開いてくれた。

彼が滑《なめ》らかな内腿を舐め上げて股間に迫《せま》ると、熱気と湿り気が渦《うず》を巻くように籠もり、顔中を包み込んできた。

恥毛は楚々《そそ》として、割れ目からはみ出す陰唇は興奮に色づき、僅《わず》かに白っぽい粘液が滲み出ているのが見えた。

そっと指を当てて花びらを広げると、無垢な膣口が息づいていた。

しかし、今まで体験した三人の生娘《きむすめ》とは、全然違う趣《おもむき》である。すでに二十代前半だし、オサネも幼児の一物ほどに大きく、亀頭の形をして光沢を放ち、ツンと突き立っていたのだ。

「ああ……、恥ずかしい……、見られるの初めて……」

朱美が、急に女らしい部分を前面に出したように声を震わせた。

「あの、朱美様はご自分でいじることはおありですか」

「ある……。オサネも心地よいし、中にも指を二本入れる……」

股間から訊いてみると、朱美が答えた。

やはり頑丈で健康な肉体の持ち主だから、淫気も旺盛なのだろう。

それを矜持で抑えつけ、決して表には出さぬようにしてきたが、実際には快楽に夢中になり、濡れやすい体質のようだった。

やがて伊三郎は茂《しげ》みに鼻を埋め込み、擦りつけながら隅々に籠もる熱気を嗅《か》いだ。

大部分は甘ったるい汗の匂いで、それにほんのりと、ゆばりの刺激が入り交じっていた。

舌を這わせると淡《あわ》い酸味のヌメリが感じられ、彼は息づく膣口の襞《ひだ》をクチュクチュと掻《か》き回し、大きめのオサネまで舐め上げていった。

「アアッ……、いい気持ち……」

朱美がビクッと顔を仰《の》け反《ぞ》らせて喘ぎ、内腿でムッチリときつく彼の両頰《ほお》を挟《はさ》み付けてきた。

伊三郎は美女の濃厚な体臭で胸を満たし、溢れる蜜汁をすすり、オサネにも吸い付いていった。

さらに彼女の腰を浮かせ、引き締まった尻の谷間にも顔を迫らせていった。

蕾《つぼみ》は枇杷《びわ》の先のようにやや突き出て艶《なま》めかしい形をし、鼻を埋めて嗅ぐと汗の匂いに混じり悩ましい微香が感じられた。

彼は充分に嗅いでから舌を這わせ、細かに震える襞を濡らし、ヌルッと潜り込ませて滑らかな粘膜も味わった。

「あう……、何をする……」

朱美は咎《とが》めるように言ったが、やはり拒んで突き放すようなことはしなかった。

そしてキュッキュッと肛門で彼の舌先を締め付け、陰戸からはさらにトロトロと蜜汁を漏《も》らしてきた。

舌を出し入れさせるように蠢かせてから、ようやく陰戸に戻って新たな淫水を舐め取り、オサネに吸い付いていった。

そして彼は、左手の人差し指を唾液に濡れた肛門に浅く潜り込ませた。

「く……、変な感じ……、もっと奥まで……」

すると朱美が呻きながらせがみ、彼が押し込むとモグモグと呑《の》み込んでいった。

さらに伊三郎は右手の二本の指を膣口に挿《さ》し入れ、内壁をクチュクチュと小刻みに摩擦してから、奥まで入れて手のひらを上向け、天井の膨らみを圧迫しながらオサネを吸った。

「あう……、駄目、いく……、アアーッ……!」

たちまち朱美は声を上ずらせながら気を遣《や》ってしまい、前後の穴で彼の指が痺《しび》れるほどきつく締め付けてきた。

同時に、粗相《そそう》したかと思えるほど大量の淫水が、潮《しお》を噴《ふ》くように彼の顔に噴出してきたのである。

その汁はサラサラして、無味無臭だった。

伊三郎は朱美の絶頂の凄《すさ》まじさに圧倒されながら、それぞれの指を蠢かせ、オサネを舐め続けた。

すると、彼女は失神したようにグッタリとなり、無反応になったので彼も舌を引っ込め、前後の穴からヌルッと指を引き抜いたのだった。

三

「く……、も、もう堪忍《かんにん》……」

指の抜ける摩擦にも反応し、朱美が呻きながら嫌々をした。

伊三郎の二本の指は、膜《まく》が張るように大量の粘液にまみれて湯気を立て、指の腹は湯上がりのようにふやけてシワになっていた。

肛門に入っていた指に汚れの付着はなく、爪にも曇《くも》りはないが微香が感じられた。

彼が身を起こすと、朱美がノロノロとうつ伏せになり、何と尻を高く持ち上げ、彼の方に突き出してきたのだ。

「い、入れて……、伊三郎……」

彼女が言う。どうやら後ろ取り（後背位）を望んでいるようだ。

伊三郎は膝《ひざ》を突いて股間を進め、先端を後ろから陰戸に押し込んでいった。

さすがに締まりが良く、熱く濡れた肉襞がヌルヌルッと心地よい摩擦を与えながら一物を根元まで呑み込んだ。

「アアッ……！」

朱美が背中を反らせて喘ぎ、長い髪を振り乱した。

そして初めての男を味わうようにキュッキュッときつく締め付け、突き出した尻を艶《なま》めかしくくねらせた。

伊三郎も感触と温《ぬく》もりを味わい、腰を抱えて何度か一物を出し入れさせた。

すでに彼女も指による挿入で快楽を得ているのだし、これだけ大柄で頑丈なのだから、それほどの気遣《い》いも要らないだろう。

「き、気持ちいい……、もっと突いて、強く奥まで……！」

思った通り、朱美は声を上ずらせてせがんできた。

元々過酷な稽古で苦痛には強いので、今は破瓜《はか》の痛みなどより男と一つになった充足感の方が上回っているようだった。

溢れる淫水が律動を滑らかにさせ、内腿まで伝い流れていった。

深く押し込むたび、尻の丸みが下腹部に当たって弾み、何とも心地よかった。

伊三郎は朱美の背に覆《おお》いかぶさり、甘い匂いの髪に鼻を埋めて嗅ぎ、両脇から手を回して乳房をわし摑《づか》みにした。

しかし、やはり顔が見えないのは物足りないので、やがて伊三郎は身を起こし、深々と挿入したまま下にいる彼女を横向きにさせた。

朱美も素直に横向きになり、彼は下の脚に跨がり、上の脚を真上に差し上げて両手でしがみついた。

互いの股間が交差し、内腿まで密着して挿入感が深まった。

なおも何度かズンズンと腰を遣い、さらに今度は朱美を仰向けにさせていった。

そして完全に本手《ほんて》（正常位）になり、伊三郎は身を重ねた。

屈《かが》み込んで左右の乳首を吸い、甘ったるい体臭で鼻腔《びこう》を満たしながら、次第に勢いをつけて股間をぶつけるように動いた。

「アア……、いい……」

朱美も両手でしがみついて喘ぎ、伊三郎を乗せたままガクガクと身を弓なりに反らせるたび、彼は暴れ馬にしがみつく思いで腰を突き動かした。

「ね、伊三郎。上になって動きたい……」

「はい、どうぞ」

朱美が言い、伊三郎が答えるなり彼女はゴロリと寝返りを打った。たちまち彼女が上になり、伊三郎は仰向けになっていた。

挿入したまま、後ろ取りに松葉くずし、本手に茶臼《ちゃうす》(女上位)まで、全ての体位を巡《めぐ》ったのである。

「ああ……、やはり指とは全然違う……」

朱美は身を起こして言い、両膝を立ててしゃがみ込む形になって腰を上下させた。疲れるだろうにと思ったが、さすがに鍛えられている彼女は難なく動き、大量に溢れる淫水をクチュクチュ鳴らしながら摩擦快感を味わっていた。

伊三郎も、さっき口に出したばかりとは言え、連続した挿入の動きに絶頂が迫ってきた。

やがて朱美が両膝を突き、身を重ねてきた。

そして彼の肩に太い腕《うで》を回し、股間のみならず密着した肌全体をしゃくり上げるように動かし、上からピッタリと唇《くちびる》を重ねてきた。

「ンン……」

彼女は熱く鼻を鳴らし、執拗《しつよう》に舌をからみつかせた。

伊三郎も滑らかに蠢く舌と生温かく滴《したた》る唾液を味わい、甘い花粉臭の刺激を含んだ吐息で鼻腔を満たした。

「どうか、もっと唾《つば》を……」

囁《ささや》くと、朱美も腰を遣いながら大量の唾液をトロトロと注ぎ込んでくれた。

伊三郎は生温かく小泡の多い粘液を味わい、うっとりと喉《のど》を潤《うるお》した。

「顔中にも……」

言うと朱美は、すぐに唾液にまみれた舌を彼の顔中に這い回らせてくれた。

たちまち鼻筋も頰も清らかな美女の唾液でヌルヌルにまみれ、彼は甘い刺激の匂いに包まれて絶頂を迫らせた。

「い、いく……！」

とうとう彼は股間を突き上げながら、心地よい摩擦の中で昇り詰めて口走った。

同時に、熱い大量の精汁がドクンドクンと脈打つように、勢いよくほとばしって肉《にく》壺《つぼ》の奥を直撃した。

「あ、熱い……、気持ちいいッ……！」

噴出を感じた朱美が声を上ずらせて口走り、そのまま気を遣ったようにキュッキュッと膣内を収縮させ、狂《くる》おしく身悶えた。

やはり世の中には、初体験から絶頂を味わう種類の女もいるのだと思った。

もっとも、それは伊三郎に宿った力と、男っぽい朱美との組み合わせで成し遂げられた結果かも知れない。

彼は心ゆくまで快感を貪《むさぼ》り、最後の一滴まで心地よく絞《しぼ》り尽くした。

そして徐々に突き上げを弱めていくと、

「アア……」

朱美も、初めての絶頂に満足したように声を洩らし、逞しい全身から力を抜いて、グッタリと彼にもたれかかってきた。

まだ膣内は名残惜《なごりお》しげに収縮を繰り返し、刺激された一物が内部で過敏《かびん》にヒクヒクと跳《は》ね上がった。

伊三郎は彼女の重みと温もりを受け止め、熱く湿り気ある息を間近に嗅ぎながら、甘い刺激で鼻腔を満たし、うっとりと余韻《よいん》を嚙《か》み締めた。

「こんなに良いものだとは思わなかった……。それにしても、こんなに弱そうな男と最初にするとは……」

朱美が、荒い呼吸を繰り返しながら呟《つぶや》いた。

やがて彼女がそろそろと股間を引き離し、ゴロリと横になった。

伊三郎は呼吸を整えて身を起こすと、懐紙で一物を拭《ぬぐ》ってから、朱美の股間も覗き込んだ。

膣口から精汁が逆流しているが、血の一滴も流れていなかった。恐らく自分の指で慣れているから、全く出血はしなかったようだ。

彼は優しく拭ってやり、また添い寝して女丈夫の温もりを味わったのだった。

四

「済《す》みませんが、内職が回せなくなるかも知れません。お上がうるさくて、春本も数が少なくなるんです」

訪ねてきた多喜が伊三郎に言い、出来た分を風呂敷《ふろしき》に包んで手間賃を差し出した。

「そう、それは残念だな……」

伊三郎も答えたが、もし飛鳥との婚儀が整えば、内職から解放されるかも知れないのだ。

嫁の実家の世話になるのも忸怩《じくじ》たる思いがあるが、小普請《こぶしん》奉行の娘に内職を手伝わせるわけにもいかないだろう。

「はい。もしまた仕事があればお知らせしますので、それまでは暫《しばら》くご辛抱くださいって」

多喜は店主の言を伝えると、顔を上げてほんのり頬を染めた。やはり先日の出来事を相当に意識しているのだろう。

もちろん伊三郎も、多喜と差し向かいでいるとムクムクと勃起してきてしまった。

「こないだは、大丈夫だったかい？」

「ええ……、普通にしていたので、旦那《だんな》さんにも知られないで済みました」

思い出したか、多喜がモジモジと答えた。

もう互いの心は通じ合ったように、伊三郎はにじり寄って彼女を抱きすくめてしまった。

多喜も長い睫毛《まつげ》を伏《ふ》せ、うっとりと彼に身を預けてきた。

「ああ、可愛《かわい》い……」

伊三郎は言い、白桃のように産毛《うぶげ》の輝く頬に指を這わせ、やがてピッタリと唇を重ねていった。

ぷっくりした弾力と唾液の湿り気が心地よく伝わり、彼は柔《やわ》らかな感触とともに、鼻腔をくすぐる甘酸《あまず》っぱい果実臭の息に酔いしれた。

舌を挿し入れて歯並びを舐めると、彼女も口を開いて舌を触れ合わせてきた。

口の中は、さらに湿り気ある芳香が濃く籠もり、伊三郎は美少女の唾液と吐息を心ゆくまで貪り、やがて口を離した。

すでにぼうっとなっている多喜をそのままに、手早く床を敷き延べて帯を解いた。

すると彼女もノロノロと着物を脱いでくれたが、先に全裸になった伊三郎は、もどかしげに手伝って多喜も一糸まとわぬ姿にして横たえた。

そして伊三郎は、真っ先に彼女の足の方に廻《まわ》り、足首を掴んで持ち上げ、足裏に顔を押しつけた。

「あん……」

多喜は、そこからかという風に意外そうな声を洩らし、足を震わせた。

伊三郎は足裏を舐め回し、縮《ちぢ》こまった指の間に鼻を割り込ませ、汗と脂の湿り気を味わい、蒸れた匂いを貪った。

彼は爪先にしゃぶり付いて念入りに指の股を舐め、桜色の爪を噛み、もう片方の足も味と匂いを堪能した。

「アア……、い、いけません……」

多喜は嫌々をしながらも、いつしかうっとりと喘ぎ、ヒクヒクと脚を震わせた。

やがて両足とも味わい尽くすと、伊三郎は腹這い、美少女の脚の内側を舐め上げ、股間に向かっていった。

多喜も震えながら両膝を全開にし、羞恥《しゅうち》に息を弾ませた。

白くムッチリとした内腿を舐め上げ、陰戸に迫ると熱気が顔を包み込んできた。

そっと指を当てて陰唇を広げると、中の柔肉はヌメヌメと潤い、生娘でなくなったばかりの膣口も襞《ひだ》を震わせて息づいていた。

伊三郎は顔を埋め込み、柔らかな若草に沁み付いた汗とゆばりの匂いを貪り、舌を這わせていった。

桃色の柔肉は淡い酸味の蜜汁にトロリと濡れ、彼は舌先で膣口の襞を掻き回し、小粒のオサネまで舐め上げていった。

「ああッ……！　いい気持ち……」

小粒でも充分すぎるほど感じるようで、多喜はビクッと顔を仰け反らせて喘いだ。

そしてキュッと内腿できつく彼の両頬を挟み付け、ヒクヒクと下腹を波打たせて悶えた。

伊三郎はもがく腰を抱え込んで押さえ、恥毛に籠もった体臭を胸いっぱいに嗅ぎながら、執拗にオサネを舐め回し、溢れる蜜汁をすすった。

さらに両脚を浮かせ、尻の谷間にも顔を押しつけ、薄桃色の蕾に鼻を埋め込んだ。

顔中を双丘に密着させて嗅ぐと、蕾に籠もった秘めやかな微香が悩ましく胸に沁み込んできた。

伊三郎は美少女の恥ずかしい匂いを充分に嗅いでから舌を這わせ、細かに震える襞を濡らし、ヌルッと潜り込ませた。

「あう……、駄目……」

多喜が呻き、キュッと肛門で舌先を締め付けてきた。

伊三郎は執拗に舌を蠢かせて粘膜を味わい、やがて彼女の脚を下ろして再び陰戸に舌を戻していった。

そこは新たな蜜《みつ》にまみれ、チュッとオサネに吸い付くと、

「アアッ……、もう堪忍……」

多喜が身を弓なりに反らせ、哀願するように言った。

伊三郎も味と匂いを充分胸に刻みつけてから、ようやく股間を離れて添い寝していった。

そして多喜に腕枕し、ハアハア喘いでいる口に彼は自分の乳首を押しつけた。

彼女もチュッと吸い付き、熱い鼻息で肌をくすぐりながら舌を這わせてくれた。

「噛んで……」

伊三郎が言うと、多喜も愛らしい歯並びでキュッと乳首を噛んでくれた。

「ああ、もっと強く……」

彼は甘美な痛み混じりの快感に幹を震わせながら言い、多喜も恐る恐る力を込めて刺激した。そして左右の乳首を愛撫してくれ、彼が顔を押しやると、多喜は肌を舐め下りて股間に迫ってきた。

大股開きになって、多喜を真ん中に腹這わせ、先にふぐりに顔を引き寄せた。

彼女もチロチロと袋に舌を這わせ、二つの睾丸を転がしながら熱い息を股間に籠もらせた。

蠢く舌の感触が何とも可憐《かれん》で、一物は愛撫を待つようにヒクヒクと上下に震えた。

やがて多喜も、舌先で肉棒の裏側を滑らかに舐め上げ、先端まで来て鈴口から滲む粘液をすすってくれた。

そして張りつめた亀頭にしゃぶり付いて舌をからめ、小さな口でモグモグと根元まで頬張ってきた。

「アア……」

伊三郎は快感に喘ぎ、生温かく清らかな美少女の口の中で幹を脈打たせた。

多喜も喉の奥まで呑み込み、熱い鼻息で恥毛をくすぐりながら呻いた。

「ンン……」

小刻みにズンズンと股間を突き上げると、多喜も懸命に歯を当てぬよう唇を引き締め、顔を上下させて濡れた口で摩擦してくれた。

やがて充分に高まり、一物が唾液にまみれると、伊三郎は漏らしてしまう前に彼女の手を引いた。

多喜もチュパッと口を引き離し、導かれるまま彼の上を移動し、そろそろと股間に跨がってきた。

下から一物を突き出すと、多喜も濡れた陰戸に押し当て、位置を定めてゆっくり腰を沈み込ませた。たちまち亀頭が呑み込まれてゆき、ヌルヌルッと心地よい摩擦が幹を包んで根元まで納まっていった。

「ああッ……！」

多喜が顔を仰け反らせて喘ぎ、股間を密着させてキュッときつく締め付けてきた。

伊三郎も美少女の温もりと感触を味わい、股間に重みを受けながら両手を伸ばし、多喜を抱き寄せた。

彼女も身を重ね、初回ほどの痛みもなさそうに熱い息を弾ませた。

伊三郎は顔を潜り込ませるようにして可憐な薄桃色の乳首を含み、舌で転がしながら顔中で柔らかな膨らみを味わった。

左右の乳首を交互に吸って舐め回し、腋の下にも顔を埋め込んでいった。

生温かく湿った和毛《にこげ》に鼻を擦りつけ、甘ったるい汗の匂いで鼻腔を満たしながら、徐々に彼は股間を突き上げはじめた。

「アア……」

多喜が喘ぎ、きつい締め付けで幹を刺激してくれた。

いったん動くと快楽に止めようがなくなり、彼は次第にズンズンと調子をつけて律動を激しくさせていった。

大量のヌメリが動きを滑らかにさせ、やがてクチュクチュと淫《みだ》らに湿った摩擦音も聞こえてきた。

伊三郎は美少女の生ぬるい体臭を存分に嗅いでから顔を上げ、多喜の白い首筋を舐め上げて、唇を求めていった。

下から唇を重ねると、彼女も上から押しつけて甘酸っぱい息を弾ませた。

伊三郎は美少女の果実臭の息で鼻腔を満たし、生温かな唾液をすすりながら絶頂を迫らせていった。

勢いをつけると、溢れる蜜汁がふぐりから尻の方にまで生温かく滴り、

「ンンッ……！」

多喜が微《かす》かに眉をひそめて呻き、反射的にチュッと強く彼の舌に吸い付いてきた。

「唾をもっと出して……」

僅かに口を離して囁くと、多喜も懸命に唾液を分泌させ、口移しにトロトロと吐《は》き出してくれた。伊三郎も、芳香を含んで弾ける小泡のヌメリを味わい、うっとりと飲み込んで甘美な悦《よろこ》びに浸った。

「顔中にも……」

言うと多喜は断ることも出来ず、ためらいながらも興奮に乗じて、愛らしい唇をすぼめてトロリと彼の鼻筋に垂らしてくれた。それを滑らかな舌先で、ヌラヌラと顔中に塗り付けてきた。

「ああ、気持ちいい、もっと……」

伊三郎は突き上げを強めながら言い、頬も鼻筋も瞼《まぶた》も、美少女の生温かく清らかな唾液にまみれた。

そして唾液と吐息の甘酸っぱい芳香と、膣内の心地よい摩擦に高まり、そのまま昇

り詰めてしまった。

「い、いく……！」

突き上がる大きな快感に口走り、彼はありったけの熱い精汁をドクンドクンと勢いよく柔肉の奥にほとばしらせた。

「あう……！」

噴出の熱さを感じると、多喜も声を洩らし、飲み込むようにキュッキュッときつく締め付けてきた。まだ完全に気を遣ったわけではないが、その兆《きざ》しは充分に感じられ膣内の収縮も活発になっていた。

伊三郎は快感を嚙み締めながら、心置きなく最後の一滴まで出し尽くした。

すっかり満足して、徐々に突き上げを弱めていくと、

「ああ……」

多喜も小さく声を洩らし、肌の強《こわ》ばりを解いてグッタリと力を抜いていった。

まだ膣内の締め付けは断続的に続き、過敏《かびん》になった一物がヒクヒクと中で跳ね上がった。

そのたび、答えるようにキュッと強く締め付けられた。

「大丈夫？　痛くなかったかな？」

「ええ……、気持ち良かったです……」

囁くと、多喜が荒い呼吸を弾ませて小さく答えた。

この次は、本格的に気を遣ってしまうかも知れない。

伊三郎は美少女の重みと温もりを味わい、甘酸っぱい息を嗅ぎながらうっとりと快感の余韻に浸り込んだのだった。

五

「何だか、前以上に淫気が強くなってるようです。やはり茜の体液でしょうか」

夜半、唐突に訪ねてきた沙霧に伊三郎は言った。

「そう、代々の素破というのは武士と違い、忠義で死ぬことなどより生き残る気持ちが絶大ですので、子作りの本能が強いのでしょうね」

沙霧が答えた。

こうして向かい合っているだけで、すぐにも伊三郎は胸の奥が熱くなり、ムクムクと勃起してしまうのである。

確かに彼も若いということはあるだろうが、それにも増して淫気が日々強くなっていた。

以前の無垢な頃は、一度でも女体を味わえれば死んでもいいと思っていたが、逆に知れば知るほど追究したくなる世界だったのだ。

「それぞれ得手不得手がありますが、淫気や快楽でのし上がっていくのも、また一つの力と思います」

沙霧が言う。

何やら、学問も武芸も平凡以下だが、情交だけで出世しろと言われているような気がした。

「ときに、今宵《こよい》は何かご用で？」

「いえ、私も伊三郎さんを知ってから、堪《たま》らない淫気に見舞われるものですから」

訊くと、彼女が願ってもないことをいってくれた。

すでに床も敷き延べられ、伊三郎も寝巻に着替えたばかりだった。そして彼が帯を解くと、沙霧も手早く脱ぎ去っていった。

「先に私が……」

彼女が言って伊三郎を布団に仰向けにさせると、すぐにも一物に屈み込んで、スッポリと含んでくれた。先端が喉の奥の肉にヌルッと触れても厭《いと》わず、上気した頬をすぼめて吸い付いた。

「アア……」

伊三郎は快感に喘ぎ、温かく濡れた美女の口の中で、唾液にまみれた幹を震わせた。

沙霧も、舌をからめて巧《たく》みに吸い付きながら熱い鼻息で恥毛をそよがせ、指先は微妙にふぐりをくすぐっていた。

そして充分に舌を蠢かせてからスポンと引き抜き、ふぐりにしゃぶり付いて睾丸を転がし、さらに彼の脚を浮かせて肛門にもヌルッと舌を潜り込ませてきた。

「あう……！」

伊三郎は、美女の舌に犯《おか》された思いで呻き、モグモグと肛門を締め付けた。

長い舌が奥で蠢き、一物も奥から刺激されてヒクヒクと上下した。

やがて彼女は舌を引き抜き、再び一物に念入りにしゃぶり付いてから、ようやく顔を上げた。

伊三郎もすっかり快感に酔いしれ、自分も舐めたくなった。

「どこから？」

「では足から……」

訊かれたので彼が答えると、すぐにも沙霧は立ったまま彼の顔に近づき、片方の足を浮かせてそっと足裏を顔に乗せてくれた。

武士でも町人でもない彼女は、行動にもためらいがなかった。

美女の足裏を受け止め、伊三郎は温もりを感じながら舌を這わせた。

指の股にも、蒸《む》れた匂いが生ぬるく籠もり、胸に沁み込んだ刺激が一物にも伝わっていった。

爪先にしゃぶり付いて指の股に舌を割り込ませると、

「アア……」

沙霧も喘ぎ、彼の口の中で指を縮めた。

足を交代してもらい、そちらも充分に味と匂いを堪能してから、顔に跨がらせ、しゃがみ込んでもらった。

白い脹《ふく》ら脛《はぎ》と内腿がムッチリと張り詰め、熟《う》れた果肉を覗かせた陰戸が鼻先にまで迫ってきた。そこはすでにネットリとした大量の蜜汁にまみれ、光沢あるオサネもツンと突き立っていた。

伊三郎は豊満な腰を抱えて引き寄せ、黒々と艶《つや》のある茂みに鼻を埋め込んで擦りつけ、隅々に籠もる濃厚な汗とゆばりの匂いに噎《む》せ返りながら、舌を挿し入れて柔肉を舐め回した。

膣口を探ると、トロリとした淡い酸味の淫水が舌の動きを滑らかにさせた。

彼はオサネに吸い付き、舌先で弾くように舐めてから、白い尻の真下に潜り込み、顔中にひんやりする双丘を受け止めながら、谷間の蕾に鼻を埋め込んだ。

秘めやかな微香を貪り、舌先でくすぐるように細かな襞を味わい、ヌルッと潜り込ませて粘膜も刺激した。

「く……」

沙霧も呻き、キュッと肛門で舌先を締め付けてきた。

やがて堪能すると、伊三郎は再び陰戸に戻って新たな蜜汁をすすり、オサネに吸い付いていった。

「どうか、ゆばりを……」

「では、少しだけ……」

彼が真下からせがむと、沙霧は答えて息を詰め、下腹に力を入れて尿意を高めてくれた。

なおも舐めていると、淡い酸味のヌメリが味わいを変え、熱いほどの温もりが感じられた。同時にポタポタとゆばりが滴り、すぐにもチョロチョロと軽やかな流れとなって彼の口に注がれてきた。

伊三郎は噎せないように注意深く飲み込み、味と匂いを堪能した。

勢いは一瞬強まったが、すぐに流れは治まってしまった。

舌を挿し入れて余りの雫をすすると、たちまち新たな淫水が溢れて淡い酸味のヌメリが満ちてきた。

「入れていいですか」

沙霧が言うなり、彼の顔から股間を引き離し、帯を手にして天井の梁《はり》にシュルッと引っかけた。それを輪にして脚を掛け、伊三郎の一物に陰戸を押し当てて、挿入してきたのだ。

根元までヌルヌルッと一気に受け入れ、股間が密着した。

しかし彼女は輪にした帯で浮いているので、重みはかからず、局部のみ一つになった妖《あや》しい感覚となった。

「ああ……、いい気持ち……」

沙霧は喘ぎながらキュッキュッと味わうように締め付け、やがてくるくると回転をはじめた。

素破ならではの体位であろう。

上で帯がよじれて限界になると、今度は逆回転をはじめた。濡れた膣内の襞が艶めかしく擦られ、回るたび淫水が周囲に飛び散った。

そして伊三郎がズンズンと股間を突き上げると、上下運動と回転が加わり、たちまち沙霧は気を遣って収縮を繰り返した。

「い、いい……、アアーッ……！」

沙霧が声を上ずらせ、ガクガクと痙攣《けいれん》した。そして輪から脚を抜いて本来の茶臼に戻り、上から身を重ねてきた。

伊三郎は下からしがみつき、激しく股間を突き上げながら豊かな胸の膨らみに顔を埋め、乳首を吸って舌で転がした。

もう片方も含んで舐め、腋の下に顔を割り込ませて腋毛に籠もった甘ったるい汗の匂いを嗅いだ。

さらに唇を求めると、

「ンン……」

気を遣ったばかりの沙霧が熱く鼻を鳴らし、ネットリと舌をからませてきた。

伊三郎は白粉《おしろい》臭の刺激を含んだ息で鼻腔を満たし、生温かな唾液をすすりながら、とうとう昇り詰めてしまった。

「く……！」

美女の口を吸いながら呻き、勢いよく柔肉の奥に精汁をほとばしらせた。

「ク……！」

熱い噴出を受け、沙霧が息を詰めて呻きながら彼の舌に吸い付いた。

伊三郎は激しく股間を突き上げ、心地よい摩擦の中で心置きなく最後の一滴まで出し尽くした。

すっかり満足しながら徐々に突き上げを弱めていくと、沙霧も精根尽き果てたようにグッタリと力を抜いてもたれかかってきた。

なおも膣内は名残惜しげにキュッキュッときつい収縮を繰り返し、刺激されるたび一物がヒクヒクと過敏に反応した。

「ああ……、気持ち良かったわ、とっても……」

ようやく唇を離すと、沙霧は溜息《ためいき》混じりに囁いた。

やがて伊三郎は、美女の温もりと重みを受け止め、湿り気ある甘い息を間近に嗅ぎながら、うっとりと快感の余韻を噛み締めたのだった。

そして呼吸を整えると、彼女はそろそろと股間を引き離し、懐紙で手早く陰戸を拭き清めた。そして屈み込んで、淫水と精汁にまみれた一物を含み、口で綺麗《きれい》にしてくれた。

「あう……、どうか、もう……」

クチュクチュと舐め回され、伊三郎は腰をくねらせて降参した。

沙霧もようやく顔を上げ、一物を拭ってから身繕《みづくろ》いをした。

伊三郎も身を起こし、下帯を着けて寝巻を着た。

「では、おやすみなさいませ」

沙霧は言うと彼を横たえて搔巻《かいまき》を掛けてくれ、そのまま音もなく立ち去っていったのだった。

第六章　息づく柔肌に挟《はさ》まれて

一

「おい、吉村。今日こそは息の根を止めてやるから観念しろ」

頭巾姿の山場一之進と、他の二人が伊三郎を取り囲んで言った。

伊三郎は、書店に最後の内職分を届けに行った帰り、近道の境内《けいだい》を横切ろうとしたところだった。

日は西に没し、境内も夕闇《ゆうやみ》が立ち籠《こ》めて薄暗かった。

茜が予言した三日目である。伊三郎も、三人が来ることは予想していたが、もう何の心配もしていなかった。

「いったい何の恨《うら》みですか」

それでも後退しながら伊三郎が言うと、三人はいきなり抜刀してきた。

「髷《まげ》を斬られた恨みだ」

「斬ったのは私じゃありませんから」

「黙れ。お前と関わるとろくなことにならぬ。全ての災厄の元はお前だ」

それはこっちの台詞《せりふ》なのだが、三人は完全に逆上していた。

部屋に籠もっている暮らしにも飽き、その鬱憤《うっぷん》をまず伊三郎に向けて晴らそうというのだろう。

そして一之進たちは伊三郎に迫《せま》り、じりじりと輪を縮《ちぢ》めながらも、周囲にも気を配り、油断なく警戒していた。また柿色の衣装に身を包んだ、謎《なぞ》の覆面が姿を現すのではと思っているようだ。

しかし、そのとき境内に入ってきたのは、何と美しき男装の剣術師範、佐久間朱美であった。

「何をしている。三人がかりとは卑怯《ひきょう》であろう」

「あ、朱美先生……」

三人は身を強《こわ》ばらせ、一之進が声を震わせて言った。

「その声は山場か。伊三郎に逆恨みをぶつける気なら、私が相手だ」

「め、滅相も……」

朱美が鯉口《こいぐち》を切って言うと、もとより彼女に敵《かな》わぬ三人は震え上がった。

しかも、さらにもう一人が境内に入ってきたのである。

外に豪華な乗り物が停まり、立派な武士が降りて近づいてきた。

「何の騒ぎか。私は小普請《こぶしん》奉行、平田主膳」

「え……！」

またもや三人は絶句し、さすがに大旗本の前だから頭巾を外して平伏した。三人とも、まだ髪は生え揃《そろ》わぬままだった。

むろん主膳は、一之進の父親より遥《はる》かに格上である。

朱美も頭を下げ、片膝《かたひざ》を突いた。

「何の騒ぎかと聞いておる」

「いえ、この御家人が無礼を働いたので成敗しようとしていたところです……」

訊《き》かれて、一之進が答えた。

「ふむ、この者、吉村伊三郎は、わが娘の許婚《いいなずけ》であるが、何の粗相《そそう》があったのか」

「い、許婚……？」

一之進と他の二人は目を白黒させ、驚愕《きょうがく》と羨望《せんぼう》の眼差《まなざ》しで伊三郎を見た。

もちろん朱美も驚いて、彼の方を見ていた。

「成敗のわけは何か！」

主膳が重ねて訊くと、横から朱美が言った。

「恐れながら御前、伊三郎殿は何もしておりません。三人の勝手な思い込みによる逆恨みです。私は佐久間道場の朱美」

「おお、鬼小町か。話には聞いておる。この三人を知っているか」

「当道場の門弟にございます」

「左様《さよう》か。仔細《しさい》を存じているなら、明日にも屋敷へ来て話して欲しい。伊三郎とともにな」

「ははっ」

朱美が答えると、主膳は平伏している三人に向き直った。

「見れば髷を失《うしの》うておるな。生え揃うまでは謹慎《きんしん》だろう。仔細を聞いた上で、おぬしらの親に報告する。早々に家へ立ち戻れ」

「は……、どうか、親にはご内密に……、心を入れ替えて謹慎致しますゆえ……」

一之進が言い、そのまま三人は後退し、やがて立ち上がると脱兎《だっと》のごとく境内から立ち去っていった。

喧騒が去ると、主膳は二人に頷《うなず》き掛け、やがて乗り物に戻っていった。

そして乗り物が去り、二人きりになると朱美が伊三郎に言った。

「本当なのか。小普請奉行の娘と許婚というのは」

「ええ、何やら分からぬうち、やけに気に入られて、そうなってしまいました」

「そうか、すごい……」

朱美は、素直に驚きと喜びで顔を輝かせた。

もとより道場の一人娘で、養子を迎えるしかない朱美だから、最初から伊三郎とは一緒になれぬと思っていたのだろう。

それに朱美は、彼より五つも年上である。

そして貧乏御家人が小普請奉行の娘と一緒になるには、彼の策略だけでどうにかなるものではない。本当に伊三郎の人柄が気に入られたのだと、彼女は我が事のように喜んでくれたのだ。

「では私は帰る。明日会おう」

朱美が言った。

さすがに日が暮れれば、家に帰らなければならず、とても伊三郎の家に寄って情交する余裕はないようだ。

「はい」

「私も、小普請奉行の屋敷など滅多に入れぬから、行ってみたい」

朱美は言って境内を出ようとしたが、またすぐに振り返った。

「せめて、口吸いをしたいが良いか。許婚がいるのに」

「構いません。今の私は、まだ独《ひと》り者ですので」

言われて、伊三郎が胸を高鳴らせて答えると、朱美が迫ってきた。

彼女の方が目一つ高く、伊三郎は朱美の胸に抱かれて、もたれかかるような形になった。

抱きすくめられ、夜目にも白い顔で近づいてきた。

唇《くちびる》が重なると、柔《やわ》らかな感触と唾液の湿《しめ》り気《け》が伝わってきた。伊三郎も、朱美の湿り気ある甘い息を嗅《か》ぎ、うっとりと身を預けた。

すぐにも彼女が舌を挿《さ》し入れ、伊三郎の口の中を隅々まで舐《な》め回してきた。

彼も舌をからめ、生温かくトロリとした唾液を味わいながら、花粉臭の吐息《といき》に酔いしれた。

「ンン……」

伊三郎も舌を挿し入れると、彼女は熱く鼻を鳴らし、チュッと強く吸い付き、なかなか離してくれなかった。

彼は美女の熱い吐息と唾液を堪能し、勃起した股間を押しつけた。

するると朱美が息を震わせ、いつしか熱い涙に頬《ほお》を濡《ぬ》らしていたのだった。

「あ、朱美様……」

口を離した伊三郎は、驚いて囁《ささや》いた。まさか鬼小町が泣くなど夢にも思っていなかったのである。

「せっかく懇《ねんご》ろになれたのに、間もなく別れなのか……」

微《かす》かな嗚咽《おえつ》に肩を震わせ、朱美が小さく言った。

「何やら、お前と一緒にいると、私はどんどん弱くなってゆく……」

朱美が言うので、伊三郎は何と答えて良いか分からず、もう一度唇を重ねた。

そして舌を這《は》わせ、さらに彼女の湿った鼻の穴まで舐め回した。

その潤《うるお》いは何やら、彼女自身の蜜汁にそっくりな味わいと粘《ねば》つきが感じられたのだった……。


——翌日、伊三郎は朱美と待ち合わせ、平田家へと足を運んだ。

もちろん主膳は在宅していたが、例によって登城する前らしい。

とにかく二人で仔細を話した。

「なるほど、おおよそ分かった」

主膳が頷いた。

「町奴《まちやっこ》らしき見知らぬ覆面が伊三郎を助け、あの三人の髷を斬ったというのだな」

「はい」

「それ以前にも、何かと三人にからまれていたと聞く。まあ、そんな嫌がらせも止《や》むであろう」

主膳が重々しく言った。彼が間に入ったことで、あの三人もすっかり意気消沈し、本当に謹慎することだろう。もちろん今後とも、もう伊三郎にからんでくることもないに違いなかった。

「では、この話はこれで終わりだ。私も、彼らの親にまで言うつもりはない。それで良いか」

「はい」

「ときに飛鳥との婚儀、受けてくれるか」

主膳が、伊三郎の目を見つめて言った。

「わ、私の方は異存のあるはずもなく……」

「ならば良いな。来月の吉日ということで進めて」

「は、よろしくお願い致します」

伊三郎が深々と頭を下げて答えると、主膳も笑顔になって頷いた。

「では、私は登城するゆえ、飛鳥に会ってやってくれ」

主膳は言って立ち上がり、やがて玄関で待っている乗り物の方へと行った。

伊三郎は、飛鳥のいる奥向きの方に向かった。

二

「私も、伊三郎の嫁御に会ってみたい」

「ええ、構いませんでしょう」

朱美が言うので、伊三郎も答えた。

昨夜も朱美は、通りがかりに助けに来てくれた恩人だし、よもや女丈夫なら飛鳥も嫉妬《しっと》したり勘ぐるようなこともないだろう。

一緒に奥へ進み、途中から侍女の案内に従った。やがて飛鳥の部屋に入ると、彼女はちょうど花を生け終わったところのようだった。

室内には、飛鳥の体臭と花の香りが入り交じって籠もっていた。

「まあ、伊三郎様。そちらは、朱美様？」

「私をご存じですか」

飛鳥が顔を輝かせて言い、朱美も驚いて言った。

「ええ、有名な鬼小町様。前に美也と芝居に行く途中、道場の武者窓から拝見したことがございました」

「左様でしたか」

「お強くて颯爽《さっそう》として、次々に男をやっつけて、何とも胸がすくようでした」

飛鳥は言い、まるで男への憧《あこが》れのように熱っぽい眼差しになった。

「ね、朱美様にお願いがあります」

「はい、何でしょう」

飛鳥が可憐《かれん》に小首を傾《かし》げて言うと、つい朱美も笑みを浮かべて答えていた。

何やら、許嫁同士という小柄な男女が可愛《かわい》くて微笑《ほほえ》ましいのだろう。

しかし、飛鳥の要求は、朱美の度肝を抜くものであった。

「ご承知の通り、間もなく私と伊三郎様は夫婦になります。その折り、大切なのは子を生《な》すことなのですが、情交というのが今ひとつ分からず」

「はあ……」

独り者の朱美には、少々戸惑いが隠せない言葉のようだった。

「それで、私は自分の陰戸《ほと》が分からず、鏡でもよく見えないので、同じ女である朱美様に、お見せ願えませんでしょうか」

「え……？」

「他の方はご無理でしょうが、お心の強い朱美様ならばと思いお願い致します」

飛鳥は、前に伊三郎が言ったような理由で懇願していた。

そして彼女は返事も待たず立ち上がり、襖《ふすま》を開けて侍女を呼んだ。

「半刻（約一時間）ばかり大切なお話をしますので、呼ばぬ限り誰も来ぬように」

言って襖を閉め、飛鳥は悪戯《いたずら》っぽく笑った。

「今日は口うるさい美也が他出しているのです。これでもう誰も来ません」

彼女は言うなり、手早く床《とこ》を敷《し》き延《の》べてしまった。

「し、しかし……」

「どうか、よろしくお願いします」

飛鳥に言われ、朱美は困ったように伊三郎を見た。

「ここは一つ、私からも。むろんお一人では恥ずかしいでしょうから、何でしたら私たちも、ともに脱《ぬ》ぎますので」

伊三郎は、妖《あや》しい興奮に見舞われながら頭を下げた。

すると朱美は、怒って帰ってしまうかと思ったが、彼女もまた妖しい雰囲気に呑《の》まれたように、小さく頷いたのだ。

「承知しました。大切なことですし、心残りのまま嫁ぐより、得心のゆく方がよろしいかと……」

朱美は大小を置いて立ち上がり、袴《はかま》の紐《ひも》を解《ほど》きはじめたではないか。

やはり、これは伊三郎に宿った力によるものか、三人が三人とも激しい淫気《いんき》に包まれてしまったようだった。

「では、伊三郎殿の言う通り、三人とも脱ぎましょう」

「分かりました」

朱美に言われ、飛鳥も帯を解きはじめた。

伊三郎も脱ぎながら、まさか大旗本屋敷の奥向きで、昼日中から淫《みだ》らな展開になったことが夢のように信じられなかった。

「お二人は、すでに……？」

脱ぎながら朱美が言った。

「はい、契《ちぎ》っております。父には内緒ですけれど」

飛鳥が答えると、朱美も安心したように頷いた。

「それなら結構です。お二人の初回にお邪魔するわけにもゆきませんので」

朱美は言い、あとは思い切りよく最後までためらいなく脱ぎ去ってしまった。

すると飛鳥が彼女を布団《ふとん》に横たえ、同じく全裸になった伊三郎とともに、朱美の股間の方に座った。

「何て逞《たくま》しいお身体《からだ》……」

飛鳥がうっとりと言い、引き締まった太腿《ふともも》をそっと撫《な》でた。彼女もまた、許嫁の前で他の男に触れるような錯覚《さっかく》に陥《おちい》っているのかも知れない。そうした意味で、朱美というのは男女両方の魅力を秘《ひ》めているのだった。

「どうか、もっと股《また》を開いてくださいませ」

「ああ……」

言われて、朱美は熱く喘《あえ》ぎながらも、僅《わず》かに立てた両膝を恐る恐る左右全開にしていった。

飛鳥が伊三郎の手を握《にぎ》りながら腹這い、一緒になって朱美の股間に顔を進めていった。そして伊三郎は、飛鳥と頰を寄せ合い、開かれた朱美の陰戸に近々と鼻先を迫らせたのだった。

「アア……、は、恥ずかしい……」

朱美が声を震わせ、張《は》り詰《つ》めた下腹をヒクヒク波打たせた。

さすがに気丈な女武芸者も、二人分の熱い視線と吐息を陰戸に感じたら、普通ではいられないようだった。

伊三郎も、激しい興奮の中、濡れはじめている朱美の陰戸に目を凝《こ》らした。

今日は剣術の稽古《けいこ》もしていないだろうが、朱美本来の生ぬるく甘ったるい体臭が漂《ただよ》っていた。

「これが陰戸……、ね、伊三郎様、開いて見せて下さいませ」

飛鳥が、甘酸《あまず》っぱい息を弾《はず》ませて囁いた。

彼もそっと指を当て、朱美の陰唇を左右に広げ、襞《ひだ》が入り組んで息づく膣口と、尿口の小穴、包皮の下から光沢を放ってツンと突き立った大きめのオサネまで丸見えにさせた。

「わあ、綺麗《きれい》……、私もこのようですか？」

「ええ、大体同じです。色合いも形も。ただオサネだけは、飛鳥様の方がずっと小粒ですが」

二人が股間でヒソヒソと話し合うと、朱美はさらなる羞恥《しゅうち》にキュッと膣口を引き締め、新たな淫水をヌラリと滲《にじ》ませた。

「こんなに濡れているというのは、朱美様も感じているのですね。ねえ、伊三郎様、舐めて気持ち良くさせてあげてください」

飛鳥が言い、許婚が他の女の陰戸を舐めるのを見たいという、倒錯的な興奮に浸《ひた》っているようだった。

伊三郎も欲望に突き動かされながら顔を進め、柔らかな茂《しげ》みに鼻を埋め込んだ。

隅々に籠もる甘ったるい汗の匂《にお》いと、ほのかに入り交じる悩ましい残尿臭を嗅ぎ、舌を挿し入れて蠢《うごめ》かせた。

膣口の襞を掻《か》き回すと、トロリとした淡《あわ》い酸味の蜜汁が動きを滑《なめ》らかにさせ、そのままオサネまで舐め上げると、

「く……！」

朱美が奥歯を噛《か》み締めて呻《うめ》き、ビクッと内腿を震わせた。

もう自分がどこで何をしているかも分からないほど、朦朧《もうろう》となったように息を弾ませていた。

伊三郎は大きめのオサネに吸い付きながら、舌先でチロチロと弾くように刺激しては、溢《あふ》れてくる淫水を味わった。

すると飛鳥が股間から離れ、朱美に添《そ》い寝していった。

「ね、気持ちいいですか……？」

飛鳥が無邪気に言い、腕枕してもらいながら朱美の乳房に手を這わせた。

「ああ……、どうか、もう……」

「私、前から姉上が欲しかったのです。これからも何度もお目にかかりましょうね」

飛鳥は言いながら、とうとう甘えるようにチュッと乳首に吸い付いてしまった。

伊三郎は、飛鳥が見ていないうちに朱美の脚を浮かせ、尻《しり》の谷間にも鼻を埋め込んで蕾《つぼみ》を嗅いだ。

今日も可憐な薄桃色の肛門には、秘めやかな微香が沁《し》み付き、伊三郎は匂いを貪《むさぼ》ってから舌を這わせ、ヌルッと潜《もぐ》り込ませた。

「あう……」

朱美が呻き、反射的にギュッときつく飛鳥の顔を胸に抱きすくめた。

伊三郎は、締め付ける肛門の内部で充分に舌を蠢かせてから、さらに脚を舐め下りていった。

脛《すね》の体毛に頬ずりし、足裏を舐めて指の股に鼻を割り込ませて嗅ぐと、今日も汗と脂《あぶら》に湿り、ムレムレになった匂いが濃く籠もっていた。

飛鳥も朱美の乳首を吸い、もう片方にも指を這わせていた。

伊三郎は両足ともしゃぶり尽《つ》くし、もう一度陰戸を舐めて淫水をすすってから、飛鳥とは反対側に添い寝し、乳首に吸い付いていった。

「アア……、き、気持ちいい……」

朱美も、左右の乳首を男女に吸われながら喘ぎ、少しもじっとしていられないほどクネクネと身悶《みもだ》えはじめていた。

三

「ね、朱美様、ご一緒に……」

飛鳥が言い、朱美と一緒に身を起こした。そして布団の真ん中に仰向《あおむ》けになった伊三郎の股間に、二人で迫ってきたのである。

彼も期待と興奮に胸を弾ませ、二人分の熱い視線を受けながら屹立《きつりつ》した肉棒をヒクヒクと震わせた。

「男のもの、ご覧になったことはおあり?」

「いえ……」

飛鳥に無邪気な質問を受け、思わず朱美は無垢《むく》を装《よそお》って答えた。

「とってもおかしな形だけど、何だか可愛く思えます。お嫌でなかったら、どうか」

飛鳥が言い、まず先に屈《かが》み込み、ふぐりから舐めはじめた。

そして朱美の顔も引き寄せると、彼女も一緒になって舌を這わせてくれた。

「ああ……」

伊三郎は、何とも夢のような快感に喘いだ。

可憐な美少女と、逞しい美女が頬を寄せ合い、熱い息を混じらせてふぐりを舐めてくれているのだ。

それぞれの舌が二つの睾丸を転がし、ときに優しく吸われ、たちまち袋全体は混じり合った唾液に生温かくまみれた。

そして飛鳥が肉棒を舐め上げると、朱美も同じようにした。

幹に滑らかに舌が這い、先に飛鳥が鈴口を舐めて粘液を拭《ぬぐ》い取り、続いて朱美もチロチロと舐めてくれた。

たまに女同士の舌が触れ合うが、全く嫌ではなさそうだ。

飛鳥は朱美に姉というより兄のような倒錯した感情を抱き、朱美もまた男装で長く過ごしてきたから、可憐な娘に無意識の欲望を持っているのかも知れない。

だから三人ともが、他の二人を異性のように思えるのだろう。

いつしか二人は同時に張りつめた亀頭をしゃぶり、交互に含んではスポンと引き抜いた。

一物も二人分の唾液に生温かくまみれ、代わる代わる呑み込まれるたび、伊三郎は微妙に異なる温《ぬく》もりや感触、舌の蠢きに高まった。

やがて彼は飛鳥の下半身を引き寄せ、女上位の二つ巴《どもえ》で顔に跨《また》がらせた。

飛鳥も素直に、亀頭を含みながら身を反転させ、彼の顔に陰戸を押しつけてきた。

朱美は彼の股間でゆったりと腹這い、飛鳥が一物を含んでいる間はふぐりを舐め回してくれた。

伊三郎も下から飛鳥の茂みに鼻を擦《す》りつけ、汗とゆばりの匂いを嗅ぎながら舌を這わせた。

陰戸はすっかり生温かな蜜汁にまみれ、淡い酸味のヌメリに舌の動きが滑らかになった。彼は息づく膣口と、突き立ったオサネを舐め回し、許婚の味と匂いを心ゆくまで貪った。

これから死ぬまでともに暮らすのだから、いくらでも出来るだろうが、やはり今は目の前の欲望が第一だった。

さらに伸び上がり、双丘に顔を押しつけて蕾に籠もる微香を味わった。

舌を這わせて蕾に潜り込ませ、粘膜を舐めるとキュッと肛門が締まった。

「ンン……」

飛鳥が亀頭を含みながら呻き、チュッと強く吸い付いてきた。

さらに彼が脚を浮かせると、朱美が肛門まで舐めてくれ、ヌルッと舌先を潜り込ませてきた。

伊三郎は肛門で朱美の舌をモグモグと締め付け、亀頭を飛鳥にしゃぶられながら、執拗《しつよう》に飛鳥の前と後ろを舐め回した。

「あん……、もう駄目《だめ》……」

飛鳥が言い、ビクッと股間を引き離した。

「ね、先に朱美様が上から入れてみて下さい」

「え……」

言われて、朱美は少しためらったが、飛鳥の屈託のなさと自らの淫気に突き動かされ、やがて身を起こして彼の股間に跨がった。

先端に濡れた陰戸を押し当て、息を詰めてゆっくり腰を沈み込ませた。

たちまち、張りつめた亀頭が潜り込み、あとは滑らかにヌルヌルッと根元まで呑み込まれていった。

「アアッ……！」

完全に座り込み、股間を密着させながら朱美が喘いだ。

「痛いかしら……」

見守っている飛鳥が言うが、朱美は声もなく首を振った。

伊三郎も熱く濡れた柔肉にキュッときつく締め付けられ、内部で幹を震わせながら快感を味わった。

二人とも、飛鳥に見られていることが艶《なま》めかしい刺激となっていた。

朱美は上体を反らし気味にしながら、彼の胸に両手を突っ張り、しばし味わうように膣内を収縮させていた。

伊三郎も肉襞の摩擦《まさつ》と温もりに包まれながら、ズンズンと小刻《こきざ》みに股間を突き上げはじめた。

「き、気持ちいいッ……！」

朱美は大量の淫水を漏《も》らして口走り、すぐにもガクガクと痙攣《けいれん》して気を遣《や》ってしまった。すでに彼女は初回から感じていたし、今も三人での行為に相当高まっていたようだ。

伊三郎は、次に飛鳥が控《ひか》えているから懸命に絶頂を堪《こら》えた。

飛鳥も、朱美が初めてと思っているが、立派な体軀《たいく》をしているので、気を遣っても特に不思議《ふしぎ》とは思っていないようだった。それよりも飛鳥は、自分の順番が待ちきれない様子である。

「ああ……」

朱美が声を洩《も》らし、力尽きたように身を重ねてきた。そしてヒクヒクと身を震わせながら硬直を解いてゆき、グッタリとなっていった。

やがて朱美は荒い呼吸を繰り返しながら、そろそろと股間を引き離してゴロリと横になった。

すると飛鳥が身を起こし、彼の股間に跨がってきた。

そして朱美の淫水にまみれた一物を、ゆっくりと濡れた陰戸に受け入れ、腰を沈み込ませていった。

「アア……」

飛鳥も声を洩らし、根元まで納めて股間を密着させ、すぐにも身を重ねてきた。

伊三郎は、微妙に異なる温もりと感触を味わい、下から飛鳥を抱きすくめた。

そして顔を上げ、飛鳥の左右の乳首を吸い、顔中で柔らかな感触を味わい、腋《わき》の下にも鼻を擦りつけた。

甘ったるい汗の匂いを嗅ぐと、膣内の一物が膨張し、彼も堪《たま》らずにズンズンと突き上げはじめた。

「ああッ……！」

飛鳥が喘ぎ、何と横にいる朱美にも抱きついたのだ。伊三郎も、真上の飛鳥と横の朱美を抱き寄せ、それぞれの唇を求めていった。

飛鳥に唇を重ね、横からも朱美の唇を割り込ませ、彼は二人の柔らかな唇を同時に味わった。

舌を伸ばし、それぞれの歯並びを舐めると、二人ともすぐに舌をからめ、三人が一度に舐め合う形となった。

二人の舌は滑らかに蠢き、生温かくトロリとした唾液が彼の口に流れ込んだ。

伊三郎は小泡の多い唾液を味わい、うっとりと喉《のど》を潤した。

「ンン……」

二人も熱く鼻を鳴らし、競い合うように彼の口に舌を挿し入れた。

飛鳥の甘酸っぱい息の匂いと、朱美の花粉臭の息がそれぞれの鼻の穴から侵入して内部で入り交じり、彼は二人分の芳香で胸を満たし、堪らずに股間の突き上げを強めていった。

飛鳥の陰戸からも大量の蜜汁が溢れて動きが滑らかになり、互いの股間はビショビショになって卑猥《ひわい》な摩擦音が響いた。

さらに伊三郎が二人の口に顔中を押しつけると、二人はまるで申し合わせたように舌を這わせ、彼の両の鼻の穴から頰、耳の穴から瞼《まぶた》まで舐め回し、生温かく清らかな唾液でヌルヌルにまみれさせてくれた。

「い、いく……！」

もう我慢できずに伊三郎は口走り、突き上がる快感に合わせて激しく律動した。

同時に、熱い大量の精汁がドクンドクンと勢いよく柔肉の奥にほとばしり、深い部分を直撃した。

「アアッ……、熱いわ、いい気持ち……！」

飛鳥も噴出を感じて喘ぎ、キュッキュッと膣内を収縮させた。どうやら朱美の絶頂を見ていたから、無意識の対抗意識だろうか。たちまち本格的に気を遣ってしまったようだった。

伊三郎は溶《と》けてしまいそうな快感の中、心置きなく最後の一滴まで出し尽くし、徐々に突き上げを弱めて力を抜いていった。

「ああ……、すごいわ……」

飛鳥は初めての絶頂に戸惑いながら息を震わせ、やはりゆっくりと強ばりを解いて体重を預けてきた。

まだ膣内が収縮し、伊三郎自身は過敏《かびん》にヒクヒクと反応した。

そして彼は二人分の温もりに包まれ、唾液と吐息の匂いで鼻腔《びこう》を満たしながら、うっとりと快感の余韻《よいん》を味わったのだった。

四

「やあ、色々お届け頂いて恐縮しております」

伊三郎は、訪ねてきた美也に言った。今日は朝から、米や味噌《みそ》、醤油《しょうゆ》や野菜などが次々と届けられてきたのだ。

「ええ、婚儀も正式なものとなったので、平田家から是非にもと」

美也が言い、あらためて伊三郎は頭を下げた。

「有難《ありがた》く頂戴致します。内職もなくなって困っていたところなのです」

「大丈夫でしょうか。飛鳥様はここでの暮らしをたいそう楽しみにしておりますが」

伊三郎が言うと、美也はやや不安げに室内を見回して答えた。

「まあ、何とかなりましょう。別の内職も探しますので」

「ええ、そのうちに役職が付いて、家禄《かろく》も上がることと存じますが」

美也は言い、やはり平田家の庇護《ひご》があるだろうからと、深くは心配していないようだった。

もちろん伊三郎は、美也が来たときから熱い淫気を催《もよお》していた。

まして今後、飛鳥と所帯を持ったら、そうそうは別の女と情交など出来なくなるだろう。

彼は立ち上がり、手早く床を敷き延べてしまった。

「なぜお布団を」

美也がとぼけたように訊いてくる。

「どうにも我慢できません。すごく硬くなってしまいました」

「まあ、呆《あき》れた……」

美也は言いながらも、ほんのり頬を染めた。

彼女もまた、ここへ来た以上そうなることは予想し、あるいはすでに濡れているのかも知れない。

「本当に、大丈夫なのでしょうか。このような旦那《だんな》様で……」

「とにかくお話はあとで、お脱ぎ下さいませ」

嘆息《たんそく》する美也に言い、伊三郎はさっさと帯を解いて全裸になってしまった。

「ほら、こんなに……」

甘えるように言い、立ったまま勃起した一物を鼻先に突きつけると、

「まあ……」

美也は言いながらも、急に熱っぽい眼差しになり、パクッと亀頭を含んでくれた。

そのまま喉の奥まで押し込むと、彼女もキュッと丸く唇を引き締めて幹を包み、上気した頬をすぼめて吸い付いた。

「ああ……、いい気持ち……」

伊三郎は膝をガクガク震わせながら喘ぎ、彼女の口でスポスポと肉棒を出し入れさせた。

「ンン……」

美也も熱く鼻を鳴らし、たっぷりと唾液を出して一物を浸し、クチュクチュと舌をからみつけてくれた。そして彼女はおしゃぶりを続けながら巧《たく》みに帯を解き、着物を脱ぎはじめたのだ。

たちまち美也が一糸まとわぬ姿になると、伊三郎は引き抜いて彼女を横たえた。

そして足の方に座り、足首を摑《つか》んで浮かせ、美也の足裏に顔を押しつけて舌を這わせた。

「あう……、また、そのように犬のような真似《まね》を……」

美也は呻いて言いながらも、豊かな乳房を息づかせ、呼吸も荒くさせていった。

伊三郎は指の間に鼻を割り込ませ、汗と脂に湿って蒸《む》れた匂いを貪り、爪先《つまさき》にしゃぶり付いていった。

「アアッ……！」

指の股にヌルッと舌を潜り込ませると、美也は声を上げ、ビクッと熟《う》れ肌を震わせて悶えた。何度されても、足と陰戸、尻の谷間を舐められることには慣れないようだった。

伊三郎は全ての指の股を味わい、もう片方の脚も味と匂いが薄れるまで貪ってしまった。そして腹這いになって美也の脚の内側を舐め上げ、熱く息づく股間に顔を進めていった。

「あうう……、恥ずかしい……」

明るい部屋で大股開きにされ、美也が羞恥に声を震わせた。

彼は白くムッチリとした内腿を舐め上げ、時に歯を立て、陰戸に迫っていった。

すでに陰戸は熱気と湿り気が渦《うず》巻き、陰唇の間からは白っぽい蜜汁が滲み出はじめていた。

伊三郎は茂みに鼻を埋め込んで擦りつけ、濃厚な汗とゆばりの匂いを吸い込みながら舌を挿し入れていった。

中はヌメヌメとした淡い酸味の蜜汁が溢れ、彼は息づく膣口の襞と柔肉をクチュクチュと探り、ツンと突き立ったオサネまで舐め上げていった。

「ああ……、いい……」

美也も、すぐに正直な感想を洩らしながら、張り詰めて量感ある内腿でキュッときつく彼の両頰を挟み付けてきた。

伊三郎ももがく腰を抱え込んで美女の体臭を貪り、オサネに吸い付いた。

淫水は後から後から泉のように溢れ、舌の動きを滑らかにさせた。

飛鳥と朱美との三人での行為も実に貴重な経験だったが、やはり秘め事はこうして密室に一対一という方が淫靡《いんび》な興奮があった。

さらに彼は美也の腰を浮かせ、白く豊満な尻の谷間に顔を押し当て、薄桃色の蕾に鼻を埋め込んだ。汗の匂いに混じった微香を嗅ぎ、舌先でチロチロと舐め回し、ヌルッと潜り込ませた。

「あう……、駄目……」

美也が呻き、キュッと肛門で舌先を締め付けてきた。

伊三郎は充分に中で舌を蠢かせて粘膜を味わい、やがて引き抜いた。

そして左手の人差し指を、唾液に濡れた肛門に浅く潜り込ませ、再びオサネに吸い付きながら、右手の二本の指を膣口に押し込んでいった。

「アアッ……、すごい……」

美也がビクッと顔を仰《の》け反《ぞ》らせて喘ぎ、前後の穴で彼の指をキュッときつく締め付けてきた。

伊三郎は強くオサネを吸い、舌で弾くように舐めながら、肛門に入った指先を出し入れさせるように動かし、膣内の指では内壁を小刻みに摩擦し、時に天井の膨《ふく》らみを指の腹で圧迫した。

「か、堪忍《かんにん》……」

美也が粗相したように淫水を漏らしながら哀願し、すでに小さく気を遣っているようにヒクヒクと白い下腹を波打たせた。

やがて彼は、前後の穴からヌルッと指を引き抜いた。二本の指は白っぽく攪拌《かくはん》された粘液にまみれ、湯気を立てる勢いだった。

伊三郎は身を起こし、そのまま本手《ほんて》（正常位）で股間を進めていった。

張り詰めた先端を、蜜汁にまみれて息づく膣口に押し当て、一気にヌルヌルッと根元まで押し込んだ。

「く……！」

深々と貫《つらぬ》かれた美也が身を弓なりに反らせて呻き、ビクッと硬直した。

彼も心地よい肉襞の摩擦と締め付けに包まれ、股間を密着させてうっとりと快感を味わった。

そして両脚を伸ばして身を重ねてゆき、まだ腰は動かさずに屈み込んで、色づいた乳首に吸い付いていった。

コリコリと硬くなった乳首を舌で転がし、軽く歯を立てて刺激し、顔中を柔らかく豊かな膨らみに押しつけた。

もう片方も含み、舐め回している間にも、美也は我慢しきれなくなったようにズンズンと股間を突き上げはじめてきた。

伊三郎は充分に両の乳首を愛撫《あいぶ》し、彼女の腋の下にも顔を埋め込み、色っぽい腋毛に鼻を擦りつけ、生ぬるく甘ったるい濃厚な汗の匂いで胸を満たした。

徐々に腰を突き動かしはじめると、

「アア……、もっと強く、どうか奥まで突いて……」

美也は声を上ずらせて口走り、味わうようにキュッキュッと締め付けてきた。

彼が首筋を舐め上げると、美也は下から両手を回してしがみつき、彼を乗せたまま次第に激しく腰を跳《は》ね上げた。

伊三郎が上からピッタリと唇を重ねると、

「ンンッ……！」

彼女は熱く鼻を鳴らして吸い付き、自分からヌルッと舌を挿し入れてきた。

伊三郎はチロチロと念入りに舌をからめ、滑らかな感触と生温かな唾液のヌメリを味わった。

美也の吐《は》き出す息は熱く湿り気があり、いつになく甘い刺激が濃くて、悩ましく胸を満たしてきた。

彼も興奮を高め、次第に激しく股間をぶつけるように律動した。肌のぶつかる音に混じり、クチュクチュと淫らに湿った摩擦音も響き、揺《ゆ》れてぶつかるふぐりまでネットリと淫水にまみれた。

「い、いく……、アアーッ……！」

美也が唇を離して喘ぎ、たちまち気を遣って反り返った。

同時に膣内の収縮も最高潮になり、その渦に巻き込まれるように、続いて伊三郎も昇り詰めてしまった。

「く……！」

突き上がる絶頂の快感に呻き、彼はありったけの熱い精汁をドクドクと勢いよく柔肉の奥にほとばしらせた。

「あうう……、熱いわ……」

噴出を感じ、彼女は駄目押しの快感を得るように呻き、さらにキュッときつく締め付けてきた。

伊三郎は心ゆくまで快感を味わい、最後の一滴まで出し尽くした。そして満足しながら徐々に動きを弱め、熟れ肌に身を預けていった。

「ああ……」

美也も満足げに声を洩らし、肌の強ばりを解きながら、グッタリと身を投げ出していった。

伊三郎は収縮する膣内に刺激され、ヒクヒクと過敏に幹を跳ね上げた。

そして喘ぐ口に鼻を押しつけ、美女の熱く甘い息を嗅ぎながら、うっとりと余韻を味わったのだった……。

五

「出会ったときも、こんな雨の日だったな……」

伊三郎は、降りしきる雨に煙《けむ》った外を見てから障子《しょうじ》を閉め、茜に言った。

彼女は神社にお札を届けに行った帰り、雨に降られて彼の家に駆け込んできたのだった。

「ご婚儀も近いようですね」

茜が濡れた黒髪を拭《ふ》き、いつもの巫女《みこ》姿で彼に言った。

「ああ、今こうしていられるのも、何もかも茜と沙霧さんのおかげだ」

「いいえ、私は何もしていません」

茜が、黒目がちの眼差しでじっと伊三郎を見つめながら静かに言った。

彼は、あやかしを助けて恩返しされる昔話を思い出した。山の妖怪とか動物とかの恩返しなど、そうした逸話は数多くあり、自分もその類《たぐ》いで良い思いをしているような気になった。

「まあ、通り雨だろう。間もなく止むだろうから休むといい」

伊三郎が言うと、茜は彼の心根を見透かしたように立ち、勝手に床を敷き延べてしまった。

もちろん淫気は激しく湧《わ》いているので、彼には願ってもない展開であった。

あとは心を通じ合わせ、黙々と二人して脱いでいった。

見る見る清らかで神聖な肌が露《あら》わになってゆき、サラリと流れる長い髪が白い肌に映えた。

全裸になった伊三郎が布団に仰向けになると、また彼女は心根を読み取り、顔の脇に立って片方の足裏を顔に乗せてきてくれた。

「ああ……」

彼はうっとりと喘ぎ、踵《きびす》から土踏まずまで舐め回し、指の間に鼻を埋めて蒸れた匂いを貪った。

爪先にもしゃぶり付き、舐め尽くすと茜が足を交代してくれた。

伊三郎は、そちらも味と匂いを吸収した。すると彼女がためらいなく顔に跨がり、しゃがみ込んで鼻先まで陰戸を迫らせてきた。

白くぷっくりした割れ目から、薄桃色の花びらがはみ出し、間から覗《のぞ》く柔肉はヌメヌメと潤っていた。

彼は腰を抱き寄せ、楚々《そそ》とした若草に鼻を埋め込み、甘ったるい汗の匂いを胸いっぱいに嗅いだ。

茂みの下の方には悩ましい残尿臭の刺激も混じり、伊三郎は何度も鼻を鳴らして嗅ぎ、美少女の体臭で鼻腔を満たした。

舌を這わせ、張りのある陰唇の内側を舐めると、淡い酸味のヌメリが感じられた。

息づく膣口の襞を掻き回し、小粒のオサネまで舐め上げていくと、

「アア……」

茜が可憐に声を洩らし、思わずキュッと股間を押しつけてきた。

伊三郎は執拗にオサネを舐めては、滴《したた》るように溢れる蜜汁をすすった。

さらに尻の真下に潜り込むと、白く丸い双丘がひんやりと心地よく顔中に密着してきた。

谷間にひっそり閉じられた薄桃色の蕾に鼻を埋め込むと、淡い汗の匂いに混じり、秘めやかな微香も籠もり、悩ましく鼻腔を刺激してきた。

彼は何度も鼻を鳴らして匂いを貪り、舌先でチロチロと蕾を舐め回し、細かに震える襞を濡らした。そしてヌルッと潜り込ませ、滑らかな粘膜も味わうと、

「く……」

茜が小さく呻き、キュッと肛門で舌先を締め付けてきた。

伊三郎が内部で舌を蠢かすと、やがて彼女は自分から離れた。彼がもう一度陰戸を舐め、溢れた蜜汁をすすってオサネに吸い付くと、

「も、もういいわ……」

彼女は言って、伊三郎の一物へと顔を移動させていった。舐められて気を遣るより、早く一つになりたいのだろう。その前に肉棒にしゃぶり付き、たっぷりと唾液にまみれさせてくれた。

「ああ……」

伊三郎は、根元まで妖しい美少女の口に含まれ、快感に喘いだ。

茜は頬をすぼめて吸い付き、濡れた唇で幹を丸く締め付けながら、熱い鼻息で恥毛をくすぐった。

内部ではクチュクチュと滑らかに舌がからみつき、たちまち一物は生温かな唾液にどっぷりと浸った。

「ンン……」

彼女は先端が喉の奥につかえるほど深く呑み込んで呻き、やがてチューッと吸い付きながらスポンと口を引き離した。

そしてふぐりにしゃぶり付き、二つの睾丸を舌で転がしてから、脚を浮かせ、肛門も舐め回してくれた。舌先をヌルッと押し込んで充分に蠢かせてから引き抜き、もう一度亀頭を舐め回してから、身を起こしてきた。

彼の高まりが、手に取るように分かるのだろう。

唾液にまみれて屹立《きつりつ》した肉棒に跨がり、先端を濡れた陰戸にあてがい、息を詰めてゆっくり腰を沈み込ませてきた。

たちまち一物は、ヌルヌルッと肉襞の摩擦を受けながら根元まで膣内に呑み込まれていった。

「ああッ……！」

ぺたりと座り込んだ茜が顔を仰け反らせて喘ぎ、キュッときつく締め付けてきた。

伊三郎も股間に温もりと重みを受けながら、内部でヒクヒクと幹を震わせて快感を味わった。

両手を伸ばして抱き寄せると、茜も股間を密着させ、ゆっくりと身を重ねてきた。

伊三郎は顔を上げて薄桃色の乳首を舐め回し、顔中を柔らかな膨らみに押しつけて吸った。

もう片方も含んで舌で転がしてから、腋の下にも顔を埋め込んだ。

生温かく湿った和毛《にこげ》には、胸の奥が溶けてしまいそうに甘ったるい汗の匂いが馥郁《ふくいく》と籠もり、彼は何度も吸い込んで胸を満たした。

やがて興奮が高まると、彼はズンズンと小刻みに股間を突き上げ、滑らかな感触を味わった。

「アア……、いい気持ち……」

茜も小さく言って喘ぎ、突き上げに合わせて腰を遣いはじめてくれた。

伊三郎は下から唇を重ね、舌を挿し入れて滑らかな歯並びを舐め回した。すると彼女も歯を開き、ネットリと舌をからみつけてきた。

せがむまでもなく、茜は懸命に唾液を分泌させ、トロトロと口移しに注《そそ》ぎ込んでくれた。

彼はネットリとした小泡混じりの粘液を味わい、心地よく喉を潤した。

茜の吐息は熱く湿り気があり、今日も甘酸《あまず》っぱい果実臭の刺激を含み、悩ましく鼻腔を満たしてくれた。

次第に伊三郎は美少女の唾液と吐息に高まり、突き上げを激しくさせていった。

そして唇を離し、鼻の頭を茜の口に押し込んで芳香を嗅ぐと、彼女もヌラヌラと鼻の穴を舐め、まるで一物にしゃぶり付くように鼻を含んでくれた。

「ああ、いきそう……」

彼は美少女の舌のヌメリと甘酸っぱい匂いに包まれて口走り、何とも心地よい摩擦の中で、とうとう昇り詰めてしまった。

「く……！」

突き上がる快感に呻き、熱い大量の精汁をドクンドクンと勢いよく柔肉の奥にほとばしらせた。

「あぁッ……！」

噴出を受け止めると同時に茜も声を上ずらせ、そのままガクガクと絶頂の痙攣を起こしはじめた。

伊三郎は、収縮する膣内に心置きなく最後の一滴まで出し尽くし、すっかり満足しながら徐々に突き上げを弱めていった。すると茜も、肌の強ばりを解いてグッタリと力を抜き、彼に体重を預けてきた。

まだ膣内が息づくような収縮を繰り返し、射精直後の一物が刺激されて、ヒクヒクと過敏に跳ね上がった。

彼は重みと温もりを感じ、甘酸っぱい息を嗅ぎながら、うっとりと快感の余韻を味わった。

何しろ心を読んでもらえるから、もっとも肌の相性も良い娘なのである。

しかし、一緒になることは望まないのだから仕方がない。

「これからも、会えるんだろうか……」

「ええ、今まで通りに……」

訊くと茜が小さく答え、伊三郎は安心した。

まだ雨は止まず、彼はもう一回出来るかも知れないと思ったのだった。

蜜しぐれ

一〇〇字書評

切り取り線

購買動機（新聞、雑誌名を記入するか、あるいは○をつけてください）	
□（　　　　　　　　　　　　）の広告を見て	
□（　　　　　　　　　　　　）の書評を見て	
□ 知人のすすめで	□ タイトルに惹かれて
□ カバーが良かったから	□ 内容が面白そうだから
□ 好きな作家だから	□ 好きな分野の本だから

・最近、最も感銘を受けた作品名をお書き下さい

・あなたのお好きな作家名をお書き下さい

・その他、ご要望がありましたらお書き下さい

住所	〒				
氏名		職業		年齢	
Eメール	※携帯には配信できません		新刊情報等のメール配信を 希望する・しない		

この本の感想を、編集部までお寄せいただけたらありがたく存じます。今後の企画の参考にさせていただきます。Eメールでも結構です。

いただいた「一〇〇字書評」は、新聞・雑誌等に紹介させていただくことがあります。その場合はお礼として特製図書カードを差し上げます。

前ページの原稿用紙に書評をお書きの上、切り取り、左記までお送り下さい。宛先の住所は不要です。

なお、ご記入いただいたお名前、ご住所等は、書評紹介の事前了解、謝礼のお届けのためだけに利用し、そのほかの目的のために利用することはありません。

〒一〇一-八七〇一
祥伝社文庫編集長　坂口芳和
電話　〇三（三二六五）二〇八〇

祥伝社ホームページの「ブックレビュー」からも、書き込めます。
http://www.shodensha.co.jp/bookreview/

祥伝社文庫

蜜《みつ》しぐれ

平成26年10月20日　初版第1刷発行

著　者　睦月影郎《むつきかげろう》
発行者　竹内和芳
発行所　祥伝社《しょうでんしゃ》
東京都千代田区神田神保町3-3
〒101-8701
電話　03（3265）2081（販売部）
電話　03（3265）2080（編集部）
電話　03（3265）3622（業務部）
http://www.shodensha.co.jp/

印刷所　萩原印刷
製本所　関川製本
カバーフォーマットデザイン　中原達治

 ISBN978-4-396-34074-2 C0193